MW01517109

Collection

une œuvre

GAVROCHE

LES MISÉRABLES
VICTOR HUGO

un thème

LES ENFANTS DANS LA VILLE
HUGO, RIMBAUD, PRÉVERT...

présentation de Michel Meylan,
PROFESSEUR DE COLLÈGE

distribué par: / distributed by:
hurtubise hmh ltée
7360, BOUL. NEWMAN
LASALLE, Qc. CANADA H8N 1X2
Tél.: (514) 364-0323

ISSN 0184-0851

ISBN 2 - 218 - **04329** - 7

LES AUTEURS ET LES TEXTES

LES GRANDS THÈMES DE RÉFLEXION, D'IMAGINATION ET D'EXPRESSION

Avant-propos

GAMINS DE PARIS, DE BOMBAY ET D'AILLEURS...

Extraits du journal d'une classe de 5ᵉ :

Agnès : « Au deuxième trimestre, un film sur l'Inde a été projeté dans notre ville, au profit d'un orphelinat de Bombay. »

Annick et Odile : « Comme aucun d'entre nous n'avait pu assister au spectacle, notre professeur nous a projeté des diapositives sur ce pays merveilleux et si pauvre : sur cinq millions d'habitants à Bombay, un million s'entasse dans des bidonvilles. Un autre million vit et meurt dans la rue. Parmi ces malheureux, il y a environ 100 000 enfants, souvent abandonnés, forcés de chercher leur nourriture dans les poubelles, ou même de voler. (Mais ce n'est pas leur faute, plutôt la nôtre, nous qui avons tout et ne faisons rien pour eux.)»

Christine et Béatrice : « Certains d'entre nous avaient entendu parler par leurs parents des orphelinats Snehasadan (en indien : « Maisons de l'Amitié ») qui recueillent et soignent ces enfants abandonnés de Bombay. Serge a eu une idée de génie : c'est que tous, nous devenions, ensemble, parrains et marraines d'un petit Indien dans une de ces maisons. Toute la classe a été d'accord. Nous avons fait des économies et rassemblé (avec l'aide de quelques professeurs et parents) de quoi permettre à un enfant de vivre pendant un an. L'argent fut envoyé aux Indes. Quelques semaines plus tard, on recevait une lettre en anglais, nous remerciant de notre envoi et nous annonçant que la somme servirait à payer la pension d'un garçon de douze ans : Shyam. Martyrisé par ses parents qui vivaient dans un bidonville, il s'est enfui de chez lui et, après avoir exercé 36 « petits métiers »

---

1. Cité dans *Enseigner le français aujourd'hui* (histoire d'une classe), Le Centurion, 1971.
2. Célèbre restaurant de l'époque, et qui existe toujours.

3. La rigole, le long des trottoirs.
4. Un sou.
5. À l'époque, on exécutait en public les condamnés à mort, place de Grève.

(cireur, commissionnaire, etc.), il vit maintenant heureux dans la « Maison de l'Amitié »... et il est devenu le 32e élève de la classe ! Nous lui avons écrit avec l'aide du professeur d'anglais[1]... »

A l'époque où Victor Hugo situe l'histoire de Gavroche (1832), des centaines d'enfants vivaient à Paris dans la même situation que Shyam (mais sans espoir de trouver une « maison de l'amitié »... et des camarades « du bout du monde »). Hugo les décrit : déguenillés, courant « pieds nus dans la boue des carrefours, grelottant l'hiver au bord des quais, se chauffant au soupirail des cuisines de Monsieur Véfour[2] [...], déterrant çà et là une croûte de pain dans un tas d'ordures, et l'essuyant avant de la manger, grattant tout le jour le ruisseau[3] avec un clou pour y trouver un liard[4], n'ayant d'autre amusement que le spectacle gratis de la fête du roi et les exécutions en Grève, cet autre spectacle gratis[5] ; pauvres diables que la faim pousse au vol, et le vol au reste ; enfants déshérités d'une société marâtre[6] que la maison de force[7] prend à douze ans, le bagne à dix-huit, l'échafaud[8] à quarante[9] ».

Si, en 1830, les petits vagabonds étaient évidemment les plus malheureux de tous, la situation des autres enfants n'était guère plus enviable. A part la très petite minorité des enfants de familles riches, tous devaient travailler très tôt, et souvent dans des conditions désastreuses. Les petits apprentis des artisans ou les enfants d'agriculteurs avaient une vie dure mais relativement saine. Mais il n'en allait pas de même des enfants de la classe ouvrière. Une loi de mars 1841 dut interdire, dans les usines, le travail des enfants de moins de... huit ans ! En 1845, la célèbre enquête de Friedrich Engels sur *la Situation des classes ouvrières en Angleterre* décrit des filles et des garçons de 6 à 8 ans employés au fond de la mine ou à l'usine pour pousser des wagonnets de charbon ou alimenter les machines à tisser. Ils travaillent ainsi douze ou quatorze heures par jour, et lorsqu'ils

---

6. Mauvaise mère. La société devrait les aider comme une mère, et non les martyriser comme une marâtre.
7. Prison pour enfants. On disait, il y a quelques années encore : *maison de correction*.

8. La guillotine qui exécute les condamnés à mort.
9. Victor Hugo, Préface pour la cinquième édition du *Dernier jour d'un condamné*.

s'évanouissent d'épuisement, ils sont « réveillés » à l'aide d'un seau d'eau — quand ce n'est pas à coups de fouet. On comprend que, dans ces conditions, beaucoup de petits vagabonds, malgré leur misère, se sentaient « joyeux parce qu'ils étaient libres » (voir page 17) !

Les privilégiés de la fortune qui auraient eu le pouvoir de redresser cette situation scandaleuse n'en faisaient rien, pour la plupart. Quelques « bonnes âmes » se demandaient même s'il serait « raisonnable » de laisser un jour de repos par semaine aux travailleurs : ne prendraient-ils pas de mauvaises habitudes à rester « si longtemps » sans rien faire !

On le voit, aussi plaisant, insouciant et drôle que semble parfois le « gamin de Paris, de Bombay ou d'ailleurs », il ne faut pas oublier qu'il est, d'abord, victime d'une monstrueuse injustice.

Deux petits gavroches
de Bombay, en 1977.

6

GAVROCHE N'EST QU'UN « MISÉRABLE » PARMI BIEN D'AUTRES

Ce petit livre sur *Gavroche, le gamin de Paris* est extrait des *Misérables* de Victor Hugo, une œuvre immense. Par son volume, d'abord : 2066 pages dans l'édition Nelson ; et aussi par son succès : des millions d'exemplaires vendus, des traductions dans toutes les langues de la terre. Le roman a inspiré plus de quatre-vingts films à travers le monde (quatre, uniquement au Japon !). C'est, sans nul doute, le livre le plus connu de toute la littérature française, aussi bien dans notre pays qu'à l'étranger.

Mais *Les Misérables* est aussi un livre immense par l'idée généreuse qui l'anime. Le titre même vous permettra facilement de comprendre le projet de Victor Hugo : une personne ou une chose qui est dans un état de pauvreté extrême est qualifiée de misérable (une misérable chaumière) ; mais on emploie ce même mot pour désigner un individu qui commet de mauvaises actions (ce misérable n'a pas hésité à tuer). Précisément, dans son livre, Victor Hugo entend protester contre la misère, les conditions indignes de l'homme dans lesquelles est contrainte de vivre la partie la plus pauvre de la population, « exploitée » par ceux qui détiennent le pouvoir et l'argent. Mais il veut aussi protester contre le mépris dans lequel les privilégiés tiennent les pauvres. Il était très courant à l'époque de dire d'un employé : « Il est pauvre MAIS honnête » — comme si les deux choses allaient difficilement ensemble, comme si habituellement les pauvres n'étaient pas honnêtes !

Pour lutter contre de tels préjugés, Victor Hugo choisit comme personnage principal, dans son roman, le plus pauvre de tous les pauvres, le plus méprisé de tous les méprisés : un ancien forçat, Jean Valjean, dont il montre l'évolution vers la sainteté. Il veut ainsi, dit-il, obliger ses lecteurs à voir ce qu'ils ne veulent pas voir, à prendre conscience de la réalité de la misère. Peut-être auront-ils alors assez de générosité pour renoncer à leurs préjugés et à une part de leurs privilèges ?

C'est pendant plus de quarante ans que Victor Hugo a mûri son projet. A seize ans, témoin du supplice au fer rouge d'une jeune femme condamnée pour un petit vol, il se déclare « déterminé à combattre à jamais les mauvaises actions de la loi ».

Il le fera par ses livres (*Claude Gueux, Le dernier jour d'un condamné,* qui rappellent certains aspects des *Misérables).* Mais c'est aussi par son action politique que Victor Hugo défend la cause des misérables. Élu député en 1848, il lance aux membres de l'Assemblée : « Vous n'avez rien fait tant que le peuple souffre. Vous n'avez rien fait tant qu'il y a, au-dessous de vous, une partie du peuple qui désespère. Je suis de ceux qui croient qu'on peut détruire la misère. »

Violemment opposé à la politique de Napoléon III, Victor Hugo est obligé de s'exiler pendant dix-huit ans, en Belgique, à Jersey, à Guernesey. C'est au cours de cet exil que, vers 1860, il achève la rédaction définitive de l'ouvrage, au prix d'un travail acharné. L'essentiel de l'histoire qu'il raconte est situé plus de trente ans en arrière : de 1823 à 1833. A tout moment, Hugo, l'exilé, note avec un peu de nostalgie que Paris a dû bien changer depuis ce temps-là. Est-il besoin d'ajouter, pour nos lecteurs parisiens, qu'il a changé bien davantage encore jusqu'à nos jours !

10

Quatre petits mineurs de Bruay,
au début de ce siècle.

GAVROCHE ET LES AUTRES PERSONNAGES
DES « MISÉRABLES » DE VICTOR HUGO

Nous l'avons dit, le personnage essentiel du roman est Jean Valjean, un ancien forçat.

Première partie

Jean Valjean a été condamné au bagne pour avoir volé un pain, afin de nourrir ses neveux affamés. (Le pain était à l'époque la nourriture principale du peuple, et, cette année-là, la misère et la hausse des prix en faisaient un véritable trésor.) Jean Valjean « aggrave son cas » en tentant à quatre reprises de s'évader. Repris et condamné chaque fois à une peine plus longue, il passe finalement vingt ans au bagne.

Lorsqu'il est enfin rendu à la liberté, son cœur est rempli de haine et, au début du roman, on le voit effectivement rejeté de tous parce qu'il est un ancien forçat. Seul Monseigneur Myriel, l'évêque de Digne, se montre accueillant et bon à son égard. Bouleversé par la générosité de ce prêtre, Jean Valjean décide de changer de vie et de devenir honnête. Mais il est recherché par la police pour un dernier vol sordide, commis dans une sorte d'inconscience, et il doit se cacher sous un faux nom. Mettant à profit des connaissances qu'il a acquises au bagne, il lance une nouvelle industrie qui fait très vite sa fortune et celle de la ville où il s'est installé : Montreuil-sur-Mer (Pas-de-Calais). Sa bonté pour les pauvres et sa notoriété lui valent même de devenir le maire du pays. Aimé de tous, il n'est regardé avec méfiance que par l'inspecteur de police Javert, un ancien surveillant du bagne qui a cru reconnaître en lui l'ancien forçat qu'on recherche.

Dans le même temps, une jeune femme nommée Fantine est abandonnée par son amant parisien. Elle décide de rentrer à Montreuil-sur-Mer, sa ville natale. Pour trouver plus facilement du travail, elle confie sa fille Cosette à des aubergistes qu'elle a rencontrés sur sa route, les Thénardier. Mais la pension de la petite est chère. Fantine s'épuise à la tâche, et, de malchance en malchance, elle tombe au plus bas degré de la misère. Jean

Valjean (qui se fait appeler Monsieur Madeleine) la recueille à l'infirmerie qu'il a fait aménager pour les pauvres. Fantine ne tarde pas à mourir, peu après que Jean Valjean lui a promis de prendre soin de sa fille.

Mais un nouveau coup de théâtre intervient : Jean Valjean apprend qu'un homme, qu'on prend pour lui, vient d'être arrêté ; il risque d'être condamné au bagne jusqu'à la fin de ses jours. Au cours d'une longue nuit de doute et d'angoisse, Jean Valjean s'interroge : Doit-il, pour sauver cet homme, abandonner son usine et réduire les ouvriers à la misère ? A-t-il le droit d'oublier la promesse faite à Fantine ? Il décide enfin de se dénoncer, ainsi un innocent ne « paiera » pas à sa place.

Deuxième partie

A peine arrêté, Jean Valjean s'évade encore une fois et « rachète » Cosette aux Thénardier qui la martyrisaient. L'homme et l'enfant s'installent dans une maison misérable des faubourgs de Paris : la masure Gorbeau. Repéré à nouveau par l'infatigable Javert, Jean Valjean s'enfuit avec Cosette dans le dédale de la grande ville. De façon imprévue, il trouve secrètement refuge dans un couvent. Il peut y travailler comme jardinier et Cosette y faire de bonnes études.

Troisième partie

Thénardier passe pour avoir sauvé la vie d'un officier supérieur, le colonel Pontmercy, sur le champ de bataille de Waterloo. En réalité, il cherchait à le voler, mais l'officier, trompé par les apparences, a fait jurer à son fils Marius de faire tout le bien qu'il pourrait à son « bienfaiteur », s'il parvenait à le retrouver.

Marius, qui est alors un étudiant très pauvre, rencontre Cosette, devenue une belle jeune fille, dans un jardin public. Aussitôt, il tombe éperdument amoureux d'elle, et cet amour semble partagé. Marius habite dans la fameuse masure Gorbeau dont nous avons déjà parlé. Ses voisins, qui se font appeler Jondrette, vivent, eux aussi, dans une effroyable misère.

Quelle n'est pas la surprise de Marius de voir Cosette et Jean Valjean entrer un jour dans le taudis des Jondrette ! La jeune fille et son « père » sont venus apporter à ces malheureux des vêtements et un peu d'argent. Jean Valjean doit revenir seul, peu après, pour achever de les aider. Avant son retour, les Jondrette réunissent des malfaiteurs et organisent un véritable guet-apens. Marius prévient la police qui interviendra à son signal. Jean Valjean revient. Il est aussitôt capturé par les malfaiteurs. Jondrette révèle qu'il s'appelle en réalité Thénardier. Marius est stupéfait : le hasard l'a mis en présence du « sauveur » de son père ! Comment pourrait-il le livrer à la police ? Mais comment pourrait-il laisser torturer un homme sans défense qui, de plus, semble être le père de celle qu'il aime ?

Jondrette-Thénardier avait en effet reconnu Jean Valjean, lors de sa première visite, et avait décidé de lui soutirer une fortune, à force de chantage, en faisant enlever Cosette. Les hommes de la police, commandés par Javert, entrent en action avant que Marius ait pu résoudre son cas de conscience. Thénardier et ses complices sont arrêtés, et, une fois de plus, Jean Valjean parvient à échapper à Javert.

C'est à ce point du roman qu'apparaît Gavroche, l'un des fils des Thénardier. Ce n'est, on le voit, qu'un personnage parmi beaucoup d'autres d'un très long roman, et non pas l'un des plus importants. Les lignes qui précèdent vous permettent cependant de mieux le « situer » dans l'ensemble du livre. Nous nous gardons bien de résumer la 4e et la 5e partie pour vous laisser le plaisir de lire — outre les brefs extraits contenus dans ce volume — l'ensemble de l'œuvre. Nous en avons nous-mêmes fait l'expérience : même entre onze et treize ans, c'est une lecture passionnante et inoubliable !

Quelques activités pour mieux profiter de cet avant-propos...

1. Il vous est arrivé, peut-être, de vous amuser à traduire par des phrases un peu compliquées les relations que vous avez avec tel ou tel de vos parents (« Mon cousin Daniel est le fils du frère de mon père »... « Ma tante Suzanne est la femme du frère de ma mère », etc.).
Traduisez de même les relations entre Gavroche et les personnages mentionnés ci-contre : Cosette, Marius, Jean Valjean.

2. Quels sont les points communs entre la description des enfants vagabonds de Paris (en 1830) et ceux de Bombay (en 1970) ?

PREMIÈRE PARTIE

GAVROCHE

LE PETIT GAVROCHE

Paris a un enfant et la forêt a un oiseau ; l'oiseau s'appelle
le moineau ; l'enfant s'appelle le gamin. [...]
   Ce petit être est joyeux. Il ne mange pas tous les jours et
il va au spectacle, si bon lui semble, tous les soirs. Il n'a
5 pas de chemise sur le corps, pas de souliers aux pieds, pas
de toit sur la tête ; il est comme les mouches du ciel qui
n'ont rien de tout cela. Il a de sept à treize ans, vit par
bandes, bat le pavé[1], loge en plein air, porte un vieux
pantalon de son père qui lui descend plus bas que les
10 talons, un vieux chapeau de quelque autre père qui lui
descend plus bas que les oreilles, une seule bretelle en
lisière jaune[2], court, guette, quête, perd le temps, culotte[3]
des pipes, jure comme un damné, hante le cabaret,
connaît des voleurs, tutoie des filles[4], parle argot, chante
15 des chansons obscènes[5], et n'a rien de mauvais dans le
cœur. C'est qu'il a dans l'âme une perle, l'innocence ; et
les perles ne se dissolvent pas dans la boue. Tant que
l'homme est enfant, Dieu veut qu'il soit innocent.
   Si l'on demandait à l'énorme ville : Qu'est-ce que c'est
20 que cela ? elle répondrait : C'est mon petit.

III, 1,1 *

* Nous indiquons ainsi la référence exacte de chacun des chapitres cités de Victor
Hugo. Il faut lire : 3ᵉ partie, livre premier, chapitre 1. A l'exception de celui de la
p. 26, les titres de ces chapitres sont empruntés à Victor Hugo.

1. Se promener sans but, sur le pavé,
c'est-à-dire dans les rues, « baguenauder ».
2. L'unique bretelle jaune traverse sa poitrine
en diagonale.
3. Tous les fumeurs de pipe vous le diront :
une pipe toute neuve n'est pas « bonne » à
fumer. Elle ne permet d'apprécier la fumée
que lorsqu'elle est *culottée :* quand, à force
d'avoir servi, l'intérieur du fourneau est noirci.
Le gamin de Paris fume la pipe « comme les
grands » !

Huit ou neuf ans environ après les événements racontés
dans la deuxième partie de cette histoire, on remarquait
sur le boulevard du Temple, et dans les régions du Châ-
teau-d'Eau, un petit garçon de onze à douze ans qui eût
25 assez correctement réalisé cet idéal du gamin ébauché[6]
plus haut, si, avec le rire de son âge sur les lèvres, il n'eût
pas eu le cœur absolument sombre et vide. Cet enfant était
bien affublé d'un pantalon d'homme, mais il ne le tenait
pas de son père, et d'une camisole[7] de femme, mais il ne la
30 tenait pas de sa mère. Des gens quelconques l'avaient
habillé de chiffons par charité. Pourtant il avait un père et
une mère. Mais son père ne songeait pas à lui et sa mère ne
l'aimait point. C'était un de ces enfants dignes de pitié
entre tous qui ont père et mère et qui sont orphelins.
35   Cet enfant ne se sentait jamais si bien que dans la rue. Le
pavé lui était moins dur que le cœur de sa mère.
     Ses parents l'avaient jeté dans la vie d'un coup de pied.
     Il avait tout bonnement pris sa volée[8].
     C'était un garçon bruyant, blême, leste, éveillé, gogue-
40 nard[9], à l'air vivace et maladif. Il allait, venait, chantait,
jouait à la fayousse[10], grattait les ruisseaux, volait un peu,
mais comme les chats et les passereaux, gaiement, riait
quand on l'appelait galopin, se fâchait quand on l'appelait
voyou. Il n'avait pas de gîte[11], pas de pain, pas de feu, pas
45 d'amour ; mais il était joyeux parce qu'il était libre.
     Quand ces pauvres êtres sont hommes, presque tou-
jours la meule de l'ordre social les rencontre et les broie,
mais tant qu'ils sont enfants, ils échappent, étant petits.
Le moindre trou les sauve.

---

4. Des filles de mauvaise vie.
5. Des chansons grossières.
6. Présenté rapidement. (L'ébauche d'un tableau est un dessin à grands traits rapides que
le peintre fait pour se donner une idée d'ensemble de l'œuvre.)

7. Un chemisier (de femme).
8. Il s'était envolé. (Pensez à une *volée* de
moineaux et non à une *volée* de coups !)
9. Moqueur et joyeux.
10. Jeu de billes.
11. Logement.

50 Pourtant, si abandonné que fût cet enfant, il arrivait
parfois, tous les deux ou trois mois, qu'il disait : Tiens, je
vais voir maman ! Alors il quittait le boulevard, le Cirque,
la Porte-Saint-Martin, descendait aux quais, passait les
ponts, gagnait les faubourgs, atteignait la Salpêtrière, et
55 arrivait où ? Précisément à ce double numéro 50-52 que le
lecteur connaît, à la masure Gorbeau.

A cette époque, la masure 50-52, habituellement déserte et éternellement décorée de l'écriteau : « Chambres
à louer », se trouvait, chose rare, habitée par plusieurs
60 individus qui, du reste, comme cela est toujours à Paris,
n'avaient aucun lien ni aucun rapport entre eux. Tous
appartenaient à cette classe indigente[12] qui commence à
partir du dernier petit bourgeois gêné et qui se prolonge de
misère en misère dans les bas-fonds de la société jusqu'à
65 ces deux êtres auxquels toutes les choses matérielles
de la civilisation viennent aboutir, l'égoutier qui balaye
la boue et le chiffonnier qui ramasse les guenilles.

La « principale locataire[13] » du temps de Jean Valjean
était morte et avait été remplacée par une toute pareille. Je
70 ne sais quel philosophe a dit : On ne manque jamais de
vieilles femmes.

Cette nouvelle vieille s'appelait madame Burgon, et
n'avait rien de remarquable dans sa vie qu'une dynastie[14]
de trois perroquets, lesquels avaient successivement ré-
75 gné sur son âme.

Les plus misérables entre ceux qui habitaient la masure
étaient une famille de quatre personnes, le père, la mère et
deux filles déjà assez grandes, tous les quatre logés dans le
même galetas, une de ces cellules dont nous avons déjà
80 parlé.

Cette famille n'offrait au premier abord rien de très

---

12. Pauvre.
13. C'est un peu ce que nous appelons aujourd'hui « gardienne d'immeuble » ou
« concierge » — mais la maison est si misérable que le terme ne lui convient guère !

particulier que son extrême dénuement[15] ; le père en
louant la chambre avait dit s'appeler Jondrette. Quelque
temps après son emménagement qui avait singulièrement
85 ressemblé, pour emprunter l'expression mémorable de la
principale locataire, à *l'entrée de rien du tout,* ce Jondrette
avait dit à cette femme qui, comme sa devancière, était en
même temps portière et balayait l'escalier :

- Mère une telle, si quelqu'un venait par hasard deman-
90 der un Polonais ou un Italien, ou peut-être un Espagnol, ce
serait moi.

Cette famille était la famille du joyeux va-nu-pieds. Il y
arrivait et il y trouvait la détresse, et, ce qui est plus triste,
aucun sourire ; le froid dans l'âtre[16] et le froid dans les
95 cœurs. Quand il entrait, on lui demandait :

- D'où viens-tu ? Il répondait : — De la rue. Quand il
s'en allait, on lui demandait : — Où vas-tu ? Il répondait :
— Dans la rue. Sa mère lui disait : — Qu'est-ce que tu
viens faire ici ?

100 Cet enfant vivait dans cette absence d'affection comme
ces herbes pâles qui viennent dans les caves. Il ne souffrait
pas d'être ainsi et n'en voulait à personne. Il ne savait pas
au juste comment devaient être un père et une mère.

Du reste sa mère aimait ses sœurs.

105 Nous avons oublié de dire que sur le boulevard du
Temple on nommait cet enfant le petit Gavroche. Pourquoi s'appelait-il Gavroche ? Probablement parce que son
père s'appelait Jondrette.

III, 1,13

---

14. Au sens habituel, on appelle ainsi une
succession de rois ou de personnages célè-
bres.

15. Pauvreté. (Ils sont *dénués,* c'est-à-dire
privés, dépourvus de tout.)
16. La cheminée.

[Un soir qu'il allait rendre ainsi visite à ses parents, le petit Gavroche descendait en chantant à tue-tête le boulevard de l'Hôpital.]

Au coin de la rue du Petit-Banquier, une vieille courbée
110 fouillait dans un tas d'ordures à la lueur du réverbère ; l'enfant la heurta en passant, puis recula en s'écriant :

- Tiens ! moi qui avais pris ça pour un énorme, un énorme chien !

Il prononça le mot énorme pour la seconde fois avec un
115 renflement de voix goguenard que des majuscules exprimeraient assez bien : un énorme, un ÉNORME chien !

La vieille se redressa furieuse.

- Carcan de moutard ! grommela-t-elle. Si je n'avais pas été penchée, je sais bien où je t'aurais flanqué mon
120 pied !

L'enfant était déjà à distance.

- Kisss ! kisss ! fit-il. Après ça, je ne me suis peut-être pas trompé[17].

La vieille, suffoquée d'indignation, se dressa tout à fait,
125 et le rougeoiement de la lanterne éclaira en plein sa face livide, toute creusée d'angles et de rides, avec des pattes d'oie rejoignant les coins de la bouche. Le corps se perdait dans l'ombre et l'on ne voyait que la tête. On eût dit le masque de la Décrépitude[18] découpé par une lueur dans de
130 la nuit. L'enfant la considéra.

- Madame, dit-il, n'a pas le genre de beauté qui me conviendrait.

Il poursuivit son chemin et se remit à chanter :

Le roi Coupdesabot
135 *S'en allait à la chasse,*
A la chasse aux corbeaux...

---

17. Aujourd'hui encore, on dit de quelqu'un qui est méchant et désagréable qu'il est *chien* (langage populaire).
18. Le masque de la vieillesse (on dit : un vieillard *décrépiT* ; ne confondez pas avec *décrépI* : une façade *décrépiE* a perdu son crépi, son enduit extérieur).
19. L'un des noms du diable.

Au bout de ces trois vers, il s'interrompit. Il était arrivé devant le numéro 50-52, et trouvant la porte fermée, il avait commencé à la battre à coups de pied, coups de pied
140 retentissants et héroïques, lesquels décelaient plutôt les souliers d'homme qu'il portait que les pieds d'enfant qu'il avait.

Cependant cette même vieille qu'il avait rencontrée au coin de la rue du Petit-Banquier accourait derrière lui
145 poussant des clameurs et prodiguant des gestes démesurés.

- Qu'est-ce que c'est ? qu'est-ce que c'est ? Dieu Seigneur ! on enfonce la porte ! on défonce la maison !

Les coups de pied continuaient.
150 La vieille s'époumonait.

- Est-ce qu'on arrange les bâtiments comme ça à présent !

Tout à coup elle s'arrêta. Elle avait reconnu le gamin.

- Quoi ! c'est ce satan[19] !
155 - Tiens, c'est la vieille, dit l'enfant. Bonjour, la Burgonmuche[20]. Je viens voir mes ancêtres.

La vieille répondit, avec une grimace composite, admirable improvisation de la haine tirant parti de la caducité et de la laideur[21], qui fut malheureusement perdue dans
160 l'obscurité :

- Il n'y a personne, mufle[22].
- Bah ! reprit l'enfant, où donc est mon père ?
- A la Force[23].
- Tiens ! et ma mère ?
165 - A Saint-Lazare[23].
- Eh bien ! et mes sœurs ?
- Aux Madelonnettes[23].

---

20. Dans un autre passage du livre, on comprend pourquoi Gavroche déforme ainsi le nom de Mme Burgon : Mademoiselle Muche était le surnom de Mlle Mars, une actrice très belle (III, 1, 3).

21. Avec une grimace qui mélangeait divers éléments (*composite :* qui a divers composants) : la vieillesse, ou *caducité,* et la laideur.
22. Personne impolie et grossière.
23. Noms de différentes prisons de Paris.

L'enfant se gratta le derrière de l'oreille, regarda madame Burgon, et dit :

170   - Ah !

Puis il pirouetta sur ses talons, et, un moment après, la vieille restée sur le pas de la porte l'entendit qui chantait de sa voix claire et jeune en s'enfonçant sous les ormes noirs frissonnant au vent d'hiver :

175   *Le roi Coupdesabot*
      S'en allait à la chasse,
      A la chasse aux corbeaux
      Monté sur des échasses.
      Quand on passait dessous,
180   *On lui payait deux sous.*

III, 8, 22

Comprenons le texte

1. Expliquez la première phrase du texte en complétant la formule ci-dessous :
Dans..., l'enfant en liberté s'appelle ...
Dans ..., l'un des ... qu'on peut trouver s'appelle ...
En remplaçant dans la phrase de V. Hugo les mots *forêt, oiseau, moineau,* cherchez d'autres comparaisons (vous respecterez par ailleurs le texte).

2. Quelles sont les occupations du gamin ? Comment une grande personne (de la police, par exemple) appellerait-elle tout cela ?

3. Comment Victor Hugo, lui, juge-t-il le gamin de Paris ? Le condamne-t-il ? Pourquoi ?

4. Quel rapport y a-t-il entre la deuxième partie du texte (« Huit ou neuf ans environ... ») et la première ? Comment dirait-on cela en termes mathématiques ?

5. Quelles ressemblances voyez-vous entre ces gamins de Paris et les enfants de Bombay évoqués p. 4 et 5 ? Relevez des membres de phrases qui expriment la même idée.

6. Expliquez l'expression (p. 17) : « Ces enfants... qui ont père et mère et qui sont orphelins. »

7. Pourquoi Gavroche rit-il quand on l'appelle *galopin* et se fâche-t-il quand on le traite de *voyou* ? Quelle différence voyez-vous

Jackie Coogan dans *Le Kid*,
célèbre film de Charlie Chaplin.

entre les deux mots ? (Donnez des exemples de ce que fait un galopin et de ce que fait un voyou.)

8. Pourquoi Gavroche va-t-il, de temps à autre, rendre visite à ses parents ? Comment est-il accueilli ? D'après quelle phrase du texte pouvait-on le prévoir ?

9. Citez tous les renseignements qui sont donnés au sujet des parents de Gavroche, dans le texte. Pourquoi Jondrette veut-il se faire passer pour un Polonais, un Italien ou un Espagnol ?

Exprimons-nous

1. Laissez d'abord vagabonder votre imagination pendant quelques minutes, puis indiquez les images ou les idées qui vous viennent à l'esprit devant l'expression : **un petit enfant dans une grande ville.**
Le professeur ou un élève s'efforcera de les écrire au tableau. Cherchez ensuite à grouper les expressions en « familles ». Quelles images sont venues le plus souvent ? Pourquoi ? Comparez-les avec celles qu'emploie Victor Hugo.

2. Aimeriez-vous vivre comme Gavroche ? (à traiter par écrit — puis sous forme de débat en classe).

3. Jouez, sous forme de sketch, la rencontre entre Gavroche et Mme Burgon.

4. Examinez l'illustration de la p. 23. C'est une photographie tirée du film de Charlie Chaplin, *Le Kid* (c'est-à-dire, *Le gosse*).
Si certains élèves ont vu ce merveilleux film, qu'ils le racontent à la classe.
Comparez les vêtements et l'expression du Kid (le jeune acteur s'appelait Jackie Coogan) et ceux de Gavroche, en citant le texte de Victor Hugo à l'appui de ce que vous affirmez.

5. Imaginez quelques-unes des aventures de Gavroche.

6. Recherchez, dans des magazines, des photographies de « gamins » des rues de tous pays. Collez ces différents portraits sur un grand panneau d'affichage. Vous y inscrirez également, en lettres très visibles, quelques membres de phrases du texte de Victor Hugo : ceux qui vous paraissent le mieux définir le « gamin de Paris » (ou d'ailleurs).

7. Gavroche vu par Victor Hugo
Outre ses talents d'écrivain, Victor Hugo avait de réelles aptitudes pour le dessin et la caricature. Regardez comment il imagine Gavroche. Vous représentiez-vous ainsi ce gamin de Paris ? Citez des mots du texte qui justifient la caricature.

Gavroche à onze ans ;
dessin de Victor Hugo (encre de chine).

[*GAVROCHE ET SES FRÈRES*]

Madame Jondrette (qui s'appelait en réalité Thénardier, comme on s'en souvient) avait en tout cinq enfants : les deux filles dont nous avons déjà parlé, Gavroche, et encore deux petits garçons nettement plus jeunes. Mais Victor Hugo nous explique qu'elle « n'était mère que jusqu'à ses filles. Sa maternité finissait là. Sa haine du genre humain commençait à ses garçons. Du côté de ses fils sa méchanceté était à pic et son cœur avait à cet endroit un lugubre escarpement[1]. Comme on l'a vu, elle détestait l'aîné ; elle exécrait[2] les deux autres. Pourquoi ? Parce que. Le plus terrible des motifs et la plus indiscutable des réponses : Parce que. — Je n'ai pas besoin d'une tiaulée d'enfants, disait cette mère ».

Pendant l'opération de police au cours de laquelle les parents Jondrette et leurs filles avaient été arrêtés (voir page 21), les deux petits jouaient dans la rue. Lorsqu'ils rentrèrent à la maison, ils trouvèrent la porte close : ils étaient condamnés à devenir des vagabonds.

Gavroche ne connaissait même pas ses deux petits frères. Ils étaient, jusque-là, en nourrice chez une autre femme. Le hasard, comme on le verra, va permettre leur rencontre.

Un soir que [les] bises soufflaient rudement, au point que janvier semblait revenu et que les bourgeois avaient repris les manteaux, le petit Gavroche, toujours grelottant gaîment sous ses loques, se tenait debout et comme en extase
5 devant la boutique d'un perruquier des environs de l'Orme-Saint-Gervais. Il était orné d'un châle de femme en laine, cueilli on ne sait où, dont il s'était fait un cache-

---

1. Une pente extrêmement raide, un à-pic : elle aime si peu ses enfants qu'elle leur paraît aussi difficile à atteindre que si elle était au sommet d'une falaise !
2. Elle avait en horreur.

nez. Le petit Gavroche avait l'air d'admirer profondément
une mariée en cire, décolletée et coiffée de fleurs d'oran-
10 ger, qui tournait derrière la vitre, montrant, entre deux
quinquets, son sourire aux passants ; mais en réalité il
observait la boutique afin de voir s'il ne pourrait pas
« chiper » dans la devanture un pain de savon, qu'il irait
ensuite revendre un sou à un « coiffeur » de la banlieue. Il
15 lui arrivait souvent de déjeuner d'un de ces pains-là. Il
appelait ce genre de travail, pour lequel il avait du talent,
« faire la barbe aux barbiers ».

Tout en contemplant la mariée et tout en lorgnant le pain
de savon, il grommelait entre ses dents ceci : — Mardi. —
20 Ce n'est pas mardi. — Est-ce mardi ? — C'est peut-être
mardi. — Oui, c'est mardi.

On n'a jamais su à quoi avait trait ce monologue[3].

Si, par hasard, ce monologue se rapportait à la dernière
fois où il avait dîné, il y avait trois jours, car on était au
25 vendredi.

Le barbier, dans sa boutique chauffée d'un bon poêle,
rasait une pratique[4] et jetait de temps en temps un regard
de côté à cet ennemi, à ce gamin gelé et effronté qui avait
les deux mains dans ses poches, mais l'esprit évidemment
30 hors du fourreau.

Pendant que Gavroche examinait la mariée, le vitrage et
les Windsor-soap[5], deux enfants de taille inégale, assez
proprement vêtus et encore plus petits que lui, paraissant
l'un sept ans, l'autre cinq, tournèrent timidement le
35 bec-de-cane[6] et entrèrent dans la boutique en demandant
on ne sait quoi, la charité peut-être, dans un murmure
plaintif et qui ressemblait plutôt à un gémissement qu'à
une prière. Ils parlaient tous deux à la fois, et leurs paroles

---

3. Ce discours qu'il se tenait à lui-même.
4. Un client.
5. Savons de toilette (mot à mot : savons de

Windsor, résidence de la famille royale d'Angleterre).
6. La poignée de la porte.

étaient inintelligibles parce que les sanglots coupaient la
40 voix du plus jeune et que le froid faisait claquer les dents
de l'aîné. Le barbier se tourna avec un visage furieux, et
sans quitter son rasoir, refoulant l'aîné de la main gauche
et le petit du genou, les poussa dans la rue, et referma sa
porte en disant :

45   - Venir refroidir le monde pour rien !

Les deux enfants se remirent en marche en pleurant.
Cependant une nuée était venue ; il commençait à pleuvoir.

Le petit Gavroche courut après eux et les aborda :
50   - Qu'est-ce que vous avez donc, moutards ?

- Nous ne savons pas où coucher, répondit l'aîné.

- C'est ça ? dit Gavroche. Voilà grand-chose. Est-ce
qu'on pleure pour ça ? Sont-ils serins[7] donc !

Et prenant, à travers sa supériorité un peu goguenarde,
55 un accent d'autorité attendrie et de protection douce :

- Momacques[8], venez avec moi.

- Oui, monsieur, fit l'aîné.

Et les deux enfants le suivirent comme ils auraient suivi
un archevêque. Ils avaient cessé de pleurer.

60 Gavroche leur fit monter la rue Saint-Antoine dans la
direction de la Bastille.

Gavroche, tout en cheminant, jeta un coup d'œil indigné
et rétrospectif à la boutique du barbier.

- Ça n'a pas de cœur, ce merlan-là, grommela-t-il.
65 C'est un angliche.

Une fille, les voyant marcher à la file tous les trois,
Gavroche en tête, partit d'un rire bruyant. Ce rire manquait de respect au groupe.

- Bonjour, mamselle Omnibus[9], lui dit Gavroche.

---

7. Nigauds, naïfs.
8. Déformation de *mômes* : enfants.
9. Un train omnibus s'arrête à toutes les sta-
tions (en latin, *omnibus* signifie : pour tous).

Cette fille de mauvaise vie a autant de « fian-
cés » que de passants !
10. Cette concierge ressemble donc à une
sorcière. (Dans la légende allemande de

70 Un instant après, le perruquier lui revenant, il ajouta :
- Je me trompe de bête ; ce n'est pas un merlan, c'est un serpent. Perruquier, j'irai chercher un serrurier, et je te ferai mettre une sonnette à la queue.

Ce perruquier l'avait rendu agressif. Il apostropha, en
75 enjambant un ruisseau, une portière barbue et digne de rencontrer Faust sur le Brocken[10], laquelle avait son balai à la main.

- Madame, lui dit-il, vous sortez donc avec votre cheval ?

80 Et sur ce, il éclaboussa les bottes vernies d'un passant.
- Drôle ! cria le passant furieux.

Gavroche leva le nez par-dessus son châle.
- Monsieur se plaint ?
- De toi ! fit le passant.
85 - Le bureau est fermé, dit Gavroche. Je ne reçois plus de plaintes.

Cependant, en continuant de monter la rue, il avisa, toute glacée sous une porte cochère, une mendiante de treize ou quatorze ans, si court vêtue qu'on voyait ses
90 genoux. La petite commençait à être trop grande fille pour cela. La croissance vous joue de ces tours. La jupe devient courte au moment où la nudité devient indécente.

- Pauvre fille ! dit Gavroche. Ça n'a même pas de culotte. Tiens, prends toujours ça.
95 Et, défaisant toute cette bonne laine qu'il avait autour du cou, il la jeta sur les épaules maigres et violettes de la mendiante, où le cache-nez redevint châle.

La petite le considéra d'un air étonné et reçut le châle en silence. A un certain degré de détresse, le pauvre, dans sa
100 stupeur, ne gémit plus du mal et ne remercie plus du bien.

Faust, de nombreuses sorcières se réunissent sur la montagne du Brocken, où elles arrivent par la voie des airs, à cheval sur leur balai. Faust, selon cette même légende, aurait vendu son âme au diable.)

Cela fait :

- Brrr ! dit Gavroche, plus frissonnant que saint Martin[11], qui, lui du moins, avait gardé la moitié de son manteau.

105 Sur ce brrr ! l'averse, redoublant d'humeur, fit rage. Ces mauvais ciels-là punissent les bonnes actions.

- Ah çà, s'écria Gavroche, qu'est-ce que cela signifie ? Il repleut ! Bon Dieu, si cela continue, je me désabonne[12].

Et il se remit en marche.

110 - C'est égal[13], reprit-il en jetant un coup d'œil à la mendiante qui se pelotonnait sous le châle, en voilà une qui a une fameuse pelure.

Et, regardant la nuée, il cria :

- Attrapé[14] !

115 Les deux enfants emboîtaient le pas derrière lui.

Comme ils passaient devant un de ces épais treillis grillés qui indiquent la boutique d'un boulanger, car on met le pain comme l'or derrière des grillages de fer[15], Gavroche se tourna :

120 - Ah çà, mômes, avons-nous dîné ?

- Monsieur, répondit l'aîné, nous n'avons pas mangé depuis tantôt[16] ce matin.

- Vous êtes donc sans père ni mère ? reprit majestueusement Gavroche.

125 - Faites excuse, monsieur, nous avons papa et maman, mais nous ne savons pas où ils sont.

- Des fois, cela vaut mieux que de le savoir, dit Gavroche qui était un penseur.

- Voilà, continua l'aîné, deux heures que nous mar-

---

11. Saint Martin est célèbre pour avoir partagé son manteau avec un pauvre.
12. Gavroche garde son franc-parler avec tous les puissants, même avec Dieu. Si « le ciel » punit les « bonnes actions » dans l'univers qu'il a créé, Gavroche l'avertit qu'il « se désabonne » de cet univers-là ! (Dostoïevski

dira : « Si Dieu a voulu la souffrance d'un seul enfant innocent, *je rends mon ticket.* »)
13. Ça ne fait rien.
14. Il dit au nuage qu'il est bien « attrapé » : il voulait faire grelotter la petite mendiante et maintenant n'y arrive plus.

130 chons, nous avons cherché des choses au coin des bornes, mais nous ne trouvons rien.

- Je sais, fit Gavroche. C'est les chiens qui mangent tout.

Il reprit après un silence :

135 - Ah ! nous avons perdu nos auteurs[17]. Nous ne savons plus ce que nous en avons fait. Ça ne se doit pas, gamins. C'est bête d'égarer comme ça des gens d'âge. Ah çà ! il faut licher[18] pourtant.

Cependant il s'était arrêté, et depuis quelques minutes, 140 il tâtait et fouillait toutes sortes de recoins qu'il avait dans ses haillons.

Enfin il releva la tête d'un air qui ne voulait qu'être satisfait, mais qui était en réalité triomphant.

- Calmons-nous, les momignards. Voici de quoi souper 145 pour trois.

Et il tira d'une de ses poches un sou.

Sans laisser aux deux petits le temps de s'ébahir, il les poussa tous deux devant lui dans la boutique du boulanger et mit son sou sur le comptoir en criant :

150 - Garçon ! cinque[19] centimes de pain.

Le boulanger, qui était le maître en personne, prit un pain et un couteau.

- En trois morceaux, garçon ! reprit Gavroche, et il ajouta avec dignité :

155 - Nous sommes trois. [...]

Quand le pain fut coupé, le boulanger encaissa le sou, et Gavroche dit aux deux enfants :

- Morfilez.

---

15. Voir page 11.
16. Aujourd'hui (tantôt) nous n'avons pas mangé depuis ce matin.
17. Nos parents. (En style poétique on dit aussi « les auteurs de nos jours ».)

18. Manger, en argot de l'époque. (Aujourd'hui, le mot est employé, de façon populaire, au sens de boire !)
19. Victor Hugo déforme l'orthographe du mot pour faire comprendre la prononciation de Gavroche.

Les petits garçons le regardèrent interdits[20].

160 Gavroche se mit à rire :

\- Ah ! tiens, c'est vrai, ça ne sait pas encore, c'est si petit !

Et il reprit :

\- Mangez.

165 En même temps, il leur tendait à chacun un morceau de pain.

Et, pensant que l'aîné, qui lui paraissait plus digne de sa conversation, méritait quelque encouragement spécial et devait être débarrassé de toute hésitation à satisfaire son 170 appétit, il ajouta en lui donnant la plus grosse part :

\- Colle-toi ça dans le fusil.

Il y avait un morceau plus petit que les deux autres ; il le prit pour lui.

Les pauvres enfants étaient affamés, y compris Gavro-175 che. Tout en arrachant leur pain à belles dents, ils encombraient la boutique du boulanger qui, maintenant qu'il était payé, les regardait avec humeur.

\- Rentrons[21] dans la rue, dit Gavroche.

Ils reprirent la direction de la Bastille.

IV, 6, 2

Comprenons le texte

1. Gavroche devant la boutique du barbier : quelles qualités et quels défauts du gamin retrouve-t-on dans ce passage ?

2. Le personnage du barbier : comment se comporte-t-il à l'égard des deux enfants ? (Cherchez des mots et des groupes de mots très précis.) Selon vous, *pourquoi* se comporte-t-il ainsi ?

3. Pourquoi Gavroche s'occupe-t-il des deux enfants ? A-t-il reconnu ses frères ?

---

20. Stupéfaits, ne sachant ce qu'ils avaient à faire.

21. Qu'est-ce que cette expression a d'étonnant ? Comment l'expliquez-vous ?

4. Gavroche dans la rue. Comment se comporte-t-il avec les différentes personnes qu'il rencontre ? Expliquez ces différences d'attitude.

5. Gavroche chez le boulanger. Quels sont ses sentiments ? Cherchez la juste intonation pour les paroles qu'il prononce.

6. Comment les enfants parlent-ils à Gavroche ? Comment Gavroche leur parle-t-il ? Citez (sur deux colonnes) les expressions des uns et des autres qui vous paraissent les plus caractéristiques. Comment expliquez-vous cette différence de vocabulaire et de ton ?

Dessin de Victor Hugo.

Hergé, *Les exploits de Quick et Flupke*, Casterman.

OÙ LE PETIT GAVROCHE
TIRE PARTI DE NAPOLÉON LE GRAND

Il y a vingt ans, on voyait encore dans l'angle sud-est de la place de la Bastille, près de la gare du Canal creusée dans l'ancien fossé de la prison-citadelle, un monument bizarre qui s'est effacé déjà de la mémoire des Parisiens, et qui
5 méritait d'y laisser quelque trace, car c'était une pensée du « membre de l'Institut, général en chef de l'armée d'Égypte[1] ».

Nous disons monument, quoique ce ne fût qu'une maquette. Mais cette maquette elle-même, ébauche, cadavre
10 grandiose d'une idée de Napoléon que deux ou trois coups de vent successifs avaient emportée et jetée à chaque fois plus loin de nous[2], était devenue historique et avait pris je ne sais quoi de définitif[3] qui contrastait avec son aspect provisoire. C'était un éléphant de quarante pieds de haut,
15 construit en charpente et en maçonnerie, portant sur son dos sa tour qui ressemblait à une maison, jadis peint en vert par un badigeonneur quelconque, maintenant peint en noir par le ciel, la pluie et le temps. Dans cet angle désert et découvert de la place, le large front du colosse, sa trompe,
20 ses défenses, sa tour, sa croupe énorme, ses quatre pieds pareils à des colonnes faisaient la nuit sur le ciel étoilé une silhouette surprenante et terrible. [...]

---

1. Six ans avant de devenir empereur, Napoléon, qui n'était encore que général et membre de l'Institut, dirigea une expédition militaire en Égypte.
2. Napoléon avait eu l'idée d'un monument (en forme d'éléphant) pour commémorer la campagne d'Égypte, mais d'autres projets lui avaient fait oublier celui-ci. Ensuite, vaincu à Waterloo, il avait été « emporté » lui-même.
3. L'éléphant n'était qu'une maquette (on l'avait construit en plâtre d'abord, pour juger de l'effet, avant de le réaliser en pierre) ; mais les passants se sont tellement habitués à voir cet objet provisoire qu'il est devenu définitif à leurs yeux.

En arrivant près du colosse, Gavroche comprit l'effet que l'infiniment grand peut produire sur l'infiniment petit, 25 et dit :

- Moutards ! n'ayez pas peur.

Puis il entra par une lacune[4] de la palissade dans l'enceinte de l'éléphant et aida les mômes à enjamber la brèche. Les deux enfants, un peu effrayés, suivaient sans dire 30 mot Gavroche et se confiaient à cette petite providence en guenilles qui leur avait donné du pain et leur avait promis un gîte.

Il y avait là, couchée le long de la palissade, une échelle qui servait le jour aux ouvriers du chantier voisin. Gavro35 che la souleva avec une singulière vigueur, et l'appliqua contre une des jambes de devant de l'éléphant. Vers le point où l'échelle allait aboutir, on distinguait une espèce de trou noir dans le ventre du colosse.

Gavroche montra l'échelle et le trou à ses hôtes et leur 40 dit :

- Montez et entrez.

Les deux petits garçons se regardèrent terrifiés.

- Vous avez peur, mômes ! s'écria Gavroche.

. Et il ajouta :

45 - Vous allez voir.

Il étreignit le pied rugueux de l'éléphant, et en un clin d'œil, sans daigner se servir de l'échelle, il arriva à la crevasse. Il y entra comme une couleuvre qui se glisse dans une fente, et s'y enfonça, et un moment après les 50 deux enfants virent vaguement apparaître, comme une forme blanchâtre et blafarde, sa tête pâle au bord du trou plein de ténèbres.

- Eh bien, cria-t-il, montez donc, les momignards !

---

4. Ouverture. Au sens figuré, on dit qu'on a des « lacunes dans ses connaissances » : des « vides » à combler dans ce que l'on veut savoir.

5. Professeur d'escrime.

vous allez voir comme on est bien ! — Monte, toi ! dit-il à
55 l'aîné, je te tends la main.

Les petits se poussèrent de l'épaule, le gamin leur faisait
peur et les rassurait à la fois, et puis il pleuvait bien fort.
L'aîné se risqua. Le plus jeune, en voyant monter son
frère et lui resté tout seul entre les pattes de cette grosse
60 bête, avait bien envie de pleurer, mais il n'osait.

L'aîné gravissait, tout en chancelant, les barreaux de
l'échelle ; Gavroche, chemin faisant, l'encourageait par
des exclamations de maître d'armes[5] à ses écoliers ou de
muletier à ses mules :
65 - Aye pas peur !
- C'est ça !
- Va toujours !
- Mets ton pied là !
- Ta main ici.
70 - Hardi !

Et quand il fut à sa portée, il l'empoigna brusquement et
vigoureusement par le bras et le tira à lui.
- Gobé[6] ! dit-il.

Le môme avait franchi la crevasse.
75 - Maintenant, fit Gavroche, attends-moi. Monsieur,
prenez la peine de vous asseoir.

Et, sortant de la crevasse comme il y était entré, il se
laissa glisser avec l'agilité d'un whistiti[7] le long de la jambe
de l'éléphant, il tomba debout sur ses pieds dans l'herbe,
80 saisit le petit de cinq ans à bras-le-corps et le planta au
beau milieu de l'échelle, puis il se mit à monter derrière lui
en criant à l'aîné :
- Je vas le pousser, tu vas le tirer.

En un instant le petit fut monté, poussé, traîné, tiré,

---

6. Gober, c'est avaler « tout rond » (gober une huître).

7. Orthographe ancienne pour ouistiti (petit singe).

85 bourré, fourré dans le trou sans avoir eu le temps de se reconnaître, et Gavroche entrant après lui, repoussant d'un coup de talon l'échelle qui tomba sur le gazon, se mit à battre des mains et cria :

- Nous y v'là ! Vive le général Lafayette !

90 Cette explosion passée, il ajouta :

- Les mioches, vous êtes chez moi.

Gavroche était en effet chez lui ! [...]

Une clarté subite leur fit cligner les yeux ; Gavroche venait d'allumer un de ces bouts de ficelle trempés dans la 95 résine qu'on appelle rats de cave. Le rat de cave, qui fumait plus qu'il n'éclairait, rendait confusément visible le dedans de l'éléphant. [...]

- Vite, dit-il.

Et il les poussa vers ce que nous sommes très heureux 100 de pouvoir appeler le fond de la chambre.

Là était son lit.

Le lit de Gavroche était complet. C'est-à-dire qu'il y avait un matelas, une couverture et une alcôve avec rideaux[8].

105 Le matelas était une natte[9] de paille, la couverture un assez vaste pagne[9] de grosse laine grise fort chaude et presque neuve. Voici ce que c'était que l'alcôve :

Trois échalas[10] assez longs, enfoncés et consolidés dans les gravois[11] du sol, c'est-à-dire du ventre de l'éléphant, 110 deux en avant, un en arrière, et réunis par une corde à leur sommet, de manière à former un faisceau pyramidal. Ce faisceau supportait un treillage de fil de laiton qui était simplement posé dessus, mais artistement appliqué et maintenu par des attaches de fil de fer de sorte qu'il 115 enveloppait entièrement les trois échalas. Un cordon de

---

8. Une alcôve est une sorte de petite chambre à coucher, aménagée au fond d'un salon, par exemple, et qu'on peut fermer, pendant la journée, à l'aide de portes ou de rideaux.

9. Tapis épais qui peut servir de couchette (en général une natte est faite de paille tressée). Un pagne est une jupe rudimentaire.

grosses pierres fixait tout autour ce treillage sur le sol de manière à ne rien laisser passer. Ce treillage n'était autre chose qu'un morceau de ces grillages de cuivre dont on revêt les volières dans les ménageries. Le lit de Gavroche
120 était sous ce grillage comme dans une cage. L'ensemble ressemblait à une tente d'esquimau.

C'est ce grillage qui tenait lieu de rideaux.

Gavroche dérangea un peu les pierres qui assujettissaient[12] le grillage par-devant, les deux pans du treillage
125 qui retombaient l'un sur l'autre s'écartèrent.

- Mômes, à quatre pattes ! dit Gavroche.

Il fit entrer avec précaution ses hôtes dans la cage, puis il y entra après eux, en rampant, rapprocha les pierres et referma hermétiquement l'ouverture.

130 Ils s'étaient étendus tous trois sur la natte.

Si petits qu'ils fussent, aucun d'eux n'eût pu se tenir debout dans l'alcôve. Gavroche avait toujours le rat de cave à sa main.

- Maintenant, dit-il, pioncez ! Je vas supprimer le can-
135 délabre.

- Monsieur, demanda l'aîné des deux frères à Gavroche en montrant le grillage, qu'est-ce que c'est donc que ça ?

- Ça, dit Gavroche gravement, c'est pour les rats. Pioncez !

140 Cependant il se crut obligé d'ajouter quelques paroles pour l'instruction de ces êtres en bas âge, et il continua :

- C'est des choses du Jardin des Plantes. Ça sert aux animaux féroces. Gniena (il y en a) plein un magasin. Gnia (il n'y a) qu'à monter par-dessus un mur, qu'à grimper par
145 une fenêtre et qu'à passer sous une porte. On en a tant qu'on veut.

---

10. Piquet (au sens figuré, on dit d'une personne très grande et maigre que c'est un *échalas* !).

11. On dit aujourd'hui : *gravats* (les morceaux de plâtre qui se sont détachés des parois).

12. Attachaient.

Tout en parlant, il enveloppait d'un pan de la couverture le tout petit qui murmura :

- Oh ! c'est bon ! c'est chaud !

150 Gavroche fixa un œil satisfait sur la couverture.

- C'est encore du Jardin des Plantes, dit-il. J'ai pris cela aux singes.

Et, montrant à l'aîné la natte sur laquelle il était couché, natte fort épaisse et admirablement travaillée, il ajouta :

155 - Ça, c'était à la girafe.

Après une pause, il poursuivit :

- Les bêtes avaient tout ça. Je le leur ai pris. Ça ne les a pas fâchées. Je leur ai dit : C'est pour l'éléphant.

Il fit encore un silence et reprit :

160 - On passe par-dessus les murs et on se fiche du gouvernement. V'là.

Les deux enfants considéraient avec un respect craintif et stupéfait cet être intrépide[13] et inventif, vagabond comme eux, isolé comme eux, chétif comme eux, qui avait

165 quelque chose d'admirable et de tout-puissant, qui leur semblait surnaturel, et dont la physionomie[14] se composait de toutes les grimaces d'un vieux saltimbanque mêlées au plus naïf et plus charmant sourire.

[...] Les deux enfants se serrèrent l'un contre l'autre.

170 Gavroche acheva de les arranger sur la natte et leur monta la couverture jusqu'aux oreilles, puis répéta pour la troisième fois l'injonction en langue hiératique[15] :

- Pioncez !

Et il souffla le lumignon.

175 A peine la lumière était-elle éteinte qu'un tremblement singulier commença à ébranler le treillage sous lequel les trois enfants étaient couchés. C'était une multitude de frottements sourds qui rendaient un son métallique, comme si des griffes et des dents grinçaient sur le fil de

---

13. Très courageux.

14. Expression du visage.

15. L'ordre (injonction) de Gavroche leur fait

180 cuivre. Cela était accompagné de toutes sortes de petits cris aigus.

Le petit garçon de cinq ans, entendant ce vacarme au-dessus de sa tête et glacé d'épouvante, poussa du coude son frère aîné, mais le frère aîné « pionçait » déjà comme
185 Gavroche le lui avait ordonné. Alors le petit, n'en pouvant plus de peur, osa interpeller Gavroche, mais tout bas en retenant son haleine :

- Monsieur ?
- Hein ? fit Gavroche qui venait de fermer les pau-
190 pières.

- Qu'est-ce que c'est donc que ça ?
- C'est les rats, répondit Gavroche.

Et il remit sa tête sur la natte.

Les rats, en effet, qui pullulaient[16] par milliers dans la
195 carcasse de l'éléphant [...], avaient été tenus en respect par la flamme de la bougie tant qu'elle avait brillé, mais dès que cette caverne, qui était comme leur cité, avait été rendue à la nuit, sentant là ce que le bon conteur Perrault appelle « de la chair fraîche », ils s'étaient rués en foule
200 sur la tente de Gavroche, avaient grimpé jusqu'au sommet, et en mordaient les mailles comme s'ils cherchaient à percer cette zinzelière[17] d'un nouveau genre.

Cependant le petit ne dormait pas.

- Monsieur ! reprit-il.
205 - Hein ? fit Gavroche.

- Qu'est-ce que c'est donc que les rats ?
- C'est des souris.

Cette explication rassura un peu l'enfant. Il avait vu dans sa vie des souris blanches et il n'en avait pas eu peur.
210 Pourtant il éleva encore la voix :

- Monsieur ?
- Hein ? reprit Gavroche.

---

l'effet d'une formule magique (*hiéros* en grec signifie sacré).

16. Étaient très nombreux.
17. Volière, cage à oiseaux.

- Pourquoi n'avez-vous pas un chat ?

- J'en ai eu un, répondit Gavroche, j'en ai apporté un,
215 mais ils me l'ont mangé.

Cette seconde explication défit l'œuvre de la première,
et le petit recommença à trembler. Le dialogue entre lui et
Gavroche reprit pour la quatrième fois.

- Monsieur !

220 - Hein ?

- Qui ça qui a été mangé ?

- Le chat.

- Qui ça qui a mangé le chat ?

- Les rats.

225 - Les souris ?

- Oui, les rats.

L'enfant, consterné de ces souris qui mangent les chats,
poursuivit :

- Monsieur, est-ce qu'elles nous mangeraient, ces
230 souris-là ?

- Pardi ! fit Gavroche.

La terreur de l'enfant était au comble. Mais Gavroche
ajouta :

- N'eïlle pas peur ! ils ne peuvent pas entrer. Et puis je
235 suis là ! Tiens, prends ma main. Tais-toi, et pionce !

Gavroche en même temps prit la main du petit par-dessus son frère. L'enfant serra cette main contre lui et se
sentit rassuré. Le courage et la force ont de ces commu-
nications mystérieuses. Le silence s'était refait autour
240 d'eux, le bruit des voix avait effrayé et éloigné les rats, au
bout de quelques minutes ils eurent beau revenir et faire
rage, les trois mômes, plongés dans le sommeil, n'enten-
daient plus rien.

Les heures de la nuit s'écoulèrent. L'ombre couvrait
245 l'immense place de la Bastille, un vent d'hiver qui se
mêlait à la pluie soufflait par bouffées, les patrouilles[18]

---

18. Les patrouilles de police qui profitent de la nuit pour arrêter les petits vagabonds.

furetaient les portes, les allées, les enclos, les coins obs-
curs, et, cherchant les vagabonds nocturnes, passaient
silencieusement devant l'éléphant ; le monstre, debout,
250 immobile, les yeux ouverts dans les ténèbres, avait l'air de
rêver comme satisfait de sa bonne action, et abritait du ciel
et des hommes les trois pauvres enfants endormis.

IV, 6, 2

Comprenons le texte

1. Comment les deux enfants réagissent-ils devant la « maison » de
Gavroche ? En êtes-vous étonné ?

2. C'est souvent en visitant la maison d'un ami qu'on apprend à le
mieux connaître. Qu'est-ce que la description du logement de Gavroche nous apprend sur lui ?

Exprimons-nous

1. Jouez ce chapitre comme une scène de théâtre. Repérez les
différentes parties de la scène, les différents acteurs : quel est leur
caractère ? quelle doit être leur attitude ?
Soulignez dans le texte les paroles qu'ils prononcent. Pour le décor,
deux tables rapprochées pourront figurer l'éléphant !

2. D'après la description de Victor Hugo, faites un croquis représentant en coupe l'éléphant et la « chambre à coucher » de Gavroche.

3. Dans le courrier des lecteurs d'un journal anglais de l'époque, on
pouvait lire la lettre suivante :

Monsieur le Rédacteur en chef,
Depuis quelques jours, on rencontre dans les grandes rues de
notre ville une foule de mendiants qui, tantôt par leurs vêtements
en haillons, tantôt par l'étalage de blessures béantes et d'infir-
mités repoussantes, cherchent à éveiller la pitié des passants de
façon fort impudente[1] et fort offensante. J'incline[2] à croire que

---

1. Insolente, d'une hardiesse exagérée.   2. Je suis portée à croire.

lorsqu'on paye non seulement l'impôt pour les pauvres, mais qu'on apporte en outre une généreuse contribution à l'entretien d'établissements de bienfaisance, on en a fait assez pour avoir le droit d'être enfin à l'abri d'importunités[3] aussi désagréables et cyniques[4] ; à quoi sert l'impôt si lourd que nous payons pour l'entretien de la police municipale, si la protection qu'elle nous accorde ne nous permet pas d'aller tranquillement en ville ou d'en revenir ? J'espère que la publication de ces lignes dans votre journal qui jouit d'une grande diffusion incitera les pouvoirs publics à faire disparaître cette calamité[5] et je reste

votre dévouée : *Une dame* [6]

(Lettre publiée dans le *Manchester Guardian,* le 20 décembre 1843) cité par F. Engels, *Situation des classes ouvrières en Angleterre,* 1845.

- Que répondriez-vous à cette « dame » ? (Rédigez votre réponse.)

4. Dans un numéro récent d'un grand quotidien de province, une lectrice protestait en termes très semblables contre la présence de paralysés et handicapés physiques dans un grand magasin — spectacle qu'elle jugeait « dégoûtant » (sic).
- Quelles ressemblances voyez-vous entre les deux situations ?
- Que répondriez-vous à la lectrice du quotidien français ?

---

3. Désagréments.
4. Exprimées sans ménagement, brutalement.

5. En anglais : *nuisance.* A quoi attribue-t-on aujourd'hui ce terme ?
6. Le mot signifiait à l'époque une dame de *la haute société.*

LES PÉRIPÉTIES DE L'ÉVASION

On se souvient que Victor Hugo a dit du gamin de Paris : « Il court, guette, et connaît des voleurs. » Effectivement, Gavroche éprouve une certaine amitié pour un malfaiteur d'une vingtaine d'années nommé Montparnasse. Gavroche lui a proposé un jour de l'aider. Il suffira pour cela que Montparnasse se rende à la maison-éléphant et « demande Monsieur Gavroche » ! Quelques heures après que Gavroche a adopté, sans les connaître, ses deux petits frères, Montparnasse fait appel à lui...

Vers la fin de cette heure qui précède immédiatement le point du jour, un homme déboucha de la rue Saint-Antoine en courant, traversa la place, tourna le grand enclos de la colonne de Juillet et se glissa entre les palissades jusque
5 sous le ventre de l'éléphant. Si une lumière quelconque eût éclairé cet homme, à la manière profonde dont il était mouillé, on eût deviné qu'il avait passé la nuit sous la pluie. Arrivé sous l'éléphant, il fit entendre un cri bizarre qui n'appartient à aucune langue humaine et qu'une per-
10 ruche seule pourrait reproduire. Il répéta deux fois ce cri dont l'orthographe que voici donne à peine quelque idée :
   - Kirikikiou !
   Au second cri, une voix claire, gaie et jeune, répondit du ventre de l'éléphant :
15   - Oui.
   Presque immédiatement, la planche qui fermait le trou se dérangea et donna passage à un enfant qui descendit le long du pied de l'éléphant et vint lestement tomber près de l'homme. C'était Gavroche. L'homme était Montpar-
20 nasse.
   Quant à ce cri, *kirikikiou,* c'était là sans doute ce que l'enfant voulait dire par : *Tu demanderas monsieur Gavroche.*

En l'entendant, il s'était réveillé en sursaut, avait rampé
25 hors de son « alcôve », en écartant un peu le grillage qu'il
avait ensuite refermé soigneusement, puis il avait ouvert
la trappe et était descendu.

L'homme et l'enfant se reconnurent silencieusement
dans la nuit ; Montparnasse se borna à dire :
30 - Nous avons besoin de toi. Viens nous donner un coup
de main.

Le gamin ne demanda pas d'autre éclaircissement.

- Me v'là, dit-il.

Et tous deux se dirigèrent vers la rue Saint-Antoine d'où
35 sortait Montparnasse, serpentant rapidement à travers la
longue file des charrettes de maraîchers qui descendent à
cette heure-là vers la halle.

Les maraîchers, accroupis dans leurs voitures parmi les
salades et les légumes, à demi assoupis, enfouis jusqu'aux
40 yeux dans leurs roulières à cause de la pluie battante, ne
regardaient même pas ces étranges passants. [...]

Quel service Montparnasse est-il venu demander à Gavroche ? Il
s'agit de l'aider à faire évader de la prison de la Force quatre
redoutables truands de ses amis : Brujon, Babet, Gueulemer...
et un certain Thénardier (que l'on appelle aussi Jondrette — mais
cela, Gavroche l'ignore).

Au cours de leur évasion, Babet, Brujon et Gueulemer, qui
sont passés les premiers, ont rompu malencontreusement la
corde qui leur avait permis de franchir le mur de la prison. De ce
fait, le père de Gavroche se retrouve au sommet d'une masure en
ruine dans l'enceinte de la prison. La seule voie d'accès, depuis
l'extérieur, est un ancien conduit de cheminée si étroit que seul
un enfant pourrait y grimper et apporter à Thénardier la corde qui

---

1. Un enfant comme moi est un homme et
des hommes comme vous sont des enfants
(note de V. Hugo).
2. Comme l'enfant a la langue bien pendue !
(note de V. Hugo). Remarquez que les

truands, qui ne sont pas tous du même quartier de Paris, n'emploient pas exactement le
même argot : enfant = môme, mion ; corde
= veuve, tortouse, etc.

lui permettrait de s'évader. C'est pour cela que Montparnasse a pensé à Gavroche.

Le petit Gavroche entra dans l'enceinte et regarda ces figures de bandits d'un air tranquille. L'eau lui dégouttait des cheveux. Gueulemer lui adressa la parole :

45   - Mioche, es-tu un homme ?

Gavroche haussa les épaules et répondit :

- Un môme comme mézig est un orgue, et des orgues comme vousailles sont des mômes[1].

- Comme le mion joue du crachoir[2] ! s'écria Babet.

50   - Le môme pantinois n'est pas maquillé de fertille lansquinée[3], ajouta Brujon.

- Qu'est-ce qu'il vous faut ? dit Gavroche.

Montparnasse répondit :

- Grimper par ce tuyau.

55   - Avec cette veuve[4], fit Babet.

- Et ligoter la tortouse[5], continua Brujon.

- Au monté du montant[6], reprit Babet.

- Au pieu de la vanterne[7], ajouta Brujon.

- Et puis ? dit Gavroche.

60   - Voilà ! dit Gueulemer.

Le gamin examina la corde, le tuyau, le mur, les fenêtres, et fit cet inexprimable et dédaigneux bruit des lèvres qui signifie :

- Que ça !

65   - Il y a un homme là-haut que tu sauveras, reprit Montparnasse.

- Veux-tu ? reprit Brujon.

- Serin ! répondit l'enfant comme si la question lui paraissait inouïe ; et il ôta ses souliers.

---

3. L'enfant de Paris n'est pas fait en paille mouillée ! (note de V. Hugo).
4. Avec cette corde (note de V. Hugo).
5. Et attacher la corde (note de V. Hugo).
6. Au haut du mur (note de V. Hugo).
7. A la traverse de la fenêtre (note de V. Hugo).

70   Gueulemer saisit Gavroche d'un bras, le posa sur le toit de la baraque, dont les planches vermoulues pliaient sous le poids de l'enfant, et lui remit la corde que Brujon avait renouée pendant l'absence de Montparnasse. Le gamin se dirigea vers le tuyau où il était facile d'entrer grâce à une
75 large crevasse qui touchait au toit. Au moment où il allait monter, Thénardier, qui voyait le salut et la vie s'approcher, se pencha au bord du mur ; la première lueur du jour blanchissait son front inondé de sueur, ses pommettes livides[8], son nez effilé et sauvage, sa barbe grise toute
80 hérissée, et Gavroche le reconnut.

    - Tiens ! dit-il, c'est mon père !... Oh ! cela n'empêche pas.

    Et prenant la corde dans ses dents, il commença résolument l'escalade.

85   Il parvint au haut de la masure, enfourcha le vieux mur comme un cheval, et noua solidement la corde à la traverse supérieure de la fenêtre.

    Un moment après, Thénardier était dans la rue.

    Dès qu'il eut touché le pavé, dès qu'il se sentit hors de
90 danger, il ne fut plus ni fatigué, ni transi[9], ni tremblant ; les choses terribles dont il sortait s'évanouirent comme une fumée, toute cette étrange et féroce intelligence se réveilla, et se trouva debout et libre, prête à marcher devant elle. Voici quel fut le premier mot de cet homme :
95   - Maintenant, qui allons-nous manger ?

    Il est inutile d'expliquer le sens de ce mot affreusement transparent qui signifie tout à la fois tuer, assassiner et dévaliser. *Manger,* sens vrai : *dévorer.*

    - Rencognons-nous[10] bien, dit Brujon. Finissons en
100 trois mots, et nous nous séparerons tout de suite. Il y avait une affaire qui avait l'air bonne rue Plumet, une rue dé-

---

8. Très pâles.
9. Engourdi par le froid.

10. Cachons-nous, mettons-nous dans un *coin.*

serte, une maison isolée, une vieille grille pourrie sur un
jardin, des femmes seules.

- Eh bien ! pourquoi pas ? demanda Thénardier.

105 - Ta fée[11], Éponine, a été voir la chose, répondit
Babet.

- Et elle a apporté un biscuit à Magnon, ajouta Gueulemer. Rien à maquiller là[12].

- La fée n'est pas loffe[13], fit Thénardier. Pourtant il
110 faudra voir.

- Oui, oui, dit Brujon, il faudra voir.

Cependant aucun de ces hommes n'avait plus l'air de
voir Gavroche qui, pendant ce colloque[14], s'était assis sur
une des bornes de la palissade ; il attendit quelques ins-
115 tants, peut-être que son père se tournât vers lui, puis il
remit ses souliers, et dit :

- C'est fini ? vous n'avez plus besoin de moi, les hommes ? vous voilà tirés d'affaire. Je m'en vas. Il faut que
j'aille lever mes mômes.

120 Et il s'en alla.

Les cinq hommes sortirent l'un après l'autre de la palissade.

Quand Gavroche eut disparu au tournant de la rue des
Ballets, Babet prit Thénardier à part :

125 - As-tu regardé ce mion ? lui demanda-t-il.

- Quel mion ?

- Le mion qui a grimpé au mur et t'a porté la corde.

- Pas trop.

- Eh bien, je ne sais pas, mais il me semble que c'est ton
130 fils.

- Bah ! dit Thénardier, crois-tu ?

Et il s'en alla.

IV, 6, 2 et 3

---

11. Ta fille (note de V. Hugo).
12. « Elle a apporté un renseignement à Magnon ; on ne peut rien faire là. »
13. Bête (note de V. Hugo).
14. Discussion, débat.

Comprenons le texte

1. Comment Gavroche se comporte-t-il devant les redoutables malfaiteurs qu'il a en face de lui ? Est-il impressionné, apeuré ? A quel moment du dialogue a-t-on, au contraire, l'impression qu'il est plus fort qu'eux ? Qu'est-ce qui peut lui donner cette assurance ?

2. Quelle est la réaction de Gavroche en découvrant que l'homme à qui il doit porter secours est son père ? Comment expliquez-vous la réflexion qu'il fait alors ?

3. Qu'est-ce qui montre que Thénardier est vraiment un homme perverti qui ne pense qu'à faire le mal ? (Victor Hugo l'appelle « le mauvais pauvre », dans un autre chapitre du roman, et tout à la fin de l'ouvrage, on apprend qu'il est devenu trafiquant d'esclaves, un des métiers les plus méprisables qu'on puisse imaginer.)

4. Relevez les termes d'argot qui désignent la corde et le sommet du mur. Expliquez comment ils ont été formés. Même si une note ne vous avait pas donné la traduction, auriez-vous pu les comprendre en réfléchissant ?

Exprimons-nous

1. Voyez, page 51, la façon dont Victor Hugo a dessiné le portrait de Thénardier. Retrouvez dans le texte les différents détails de sa physionomie.

2. Si l'évasion de Thénardier se produisait de nos jours, ses amis utiliseraient sans doute d'autres moyens d'action. Imaginez la scène.

3. Imaginez quelles sont les pensées de Gavroche, tandis qu'il rentre à la « maison-éléphant ». Écrivez le texte, puis dites-le avec le ton qui convient.

Thénardier, dessin de Victor Hugo (encre de Chine).

LE 5 JUIN 1832

Quelques semaines plus tard, dans les premiers jours de juin 1832, la situation est devenue particulièrement « explosive » dans Paris. Depuis la Révolution de 1830, c'est le roi Louis-Philippe qui gouverne la France. Mais les « légitimistes », partisans du roi Charles X, qui vient d'être chassé, les « bonapartistes », partisans du fils de Napoléon, l'Aiglon, et surtout les « républicains » attendent avec impatience l'occasion de renverser le régime. Bref, « la grande ville ressemble à une pièce de canon ; quand elle est chargée, il suffit d'une étincelle qui tombe, le coup part. En juin 1832, l'étincelle fut la mort du général Lamarque » (IV, 10, 3).

Député de l'opposition, ancien général de Napoléon, « il siégeait entre la gauche et l'extrême gauche, aimé du peuple parce qu'il acceptait les chances de l'avenir, aimé de la foule parce qu'il avait bien servi l'empereur » (IV, 10, 3).

La veille et le matin du jour fixé pour les obsèques, un grand bouillonnement révolutionnaire agite le peuple : on distribue des armes, des munitions. Malgré les précautions prises par le gouvernement, des incidents éclatent sur le passage du cortège funèbre. La foule veut conduire le corbillard au Panthéon pour que Lamarque repose parmi les « gloires nationales ». La troupe disperse brutalement les manifestants, mais « une rumeur de guerre vole aux quatre coins de Paris, on crie : Aux armes ! on court, on culbute, on fuit, on résiste. La colère emporte l'émeute comme le vent emporte le feu » (IV, 10, 3).

Cependant, les membres des sociétés secrètes révolutionnaires ne parviennent pas, comme ils l'espéraient, à soulever l'ensemble de la population. La majorité de la classe ouvrière estime, à juste titre d'ailleurs, que la situation n'est pas mûre pour une

1. Ou *cytise :* arbuste qui, au printemps, se couvre de grappes de fleurs jaunes.
2. Cette femme vend des objets d'occasion (et souvent en mauvais état). Demandez à votre professeur de vous lire, dans *La gloire de mon père* de Marcel Pagnol, le fameux passage des achats chez le brocanteur.
3. Un très vieux pistolet, comme en utilisaient autrefois les cavaliers (l'arçon est l'armature de la selle d'un cheval).

révolution. C'est seulement à quelques centaines d'insurgés que vont se heurter l'armée d'une part, restée fidèle à Louis-Philippe, et la Garde Nationale d'autre part, composée de volontaires recrutés dans la bourgeoisie (notamment dans les différentes communes de la banlieue parisienne)... Les insurgés se sont groupés dans le quartier des Halles où ils ont dressé diverses barricades.

C'est à cette insurrection, perdue d'avance, que va s'associer le petit Gavroche.

En ce moment un enfant déguenillé qui descendait par la rue Ménilmontant, tenant à la main une branche de faux ébénier[1] en fleurs qu'il venait de cueillir sur les hauteurs de Belleville, avisa dans la devanture de boutique d'une
5 marchande de bric-à-brac[2] un vieux pistolet d'arçon[3]. Il jeta sa branche fleurie sur le pavé, et cria :
- Mère chose, je vous emprunte votre machin.
Et il se sauva avec le pistolet.
Deux minutes après, un flot de bourgeois épouvantés,
10 qui s'enfuyait par la rue Amelot et la rue Basse, rencontra l'enfant qui brandissait son pistolet et qui chantait :

La nuit on ne voit rien,
Le jour on voit très bien ;
D'un écrit apocryphe[4]
15 Le bourgeois s'ébouriffe[4],
Pratiquez la vertu,
Tutu chapeau pointu !

C'était le petit Gavroche qui s'en allait en guerre.
Sur le boulevard il s'aperçut que le pistolet n'avait pas
20 de chien[5]. [...]
Gavroche du reste ne se doutait pas que dans cette vilaine nuit pluvieuse où il avait offert à deux mioches

---

4. On désigne ainsi un écrit qui est faussement attribué à un auteur : il suffit de faire courir un faux bruit (Tel homme politique a déclaré :...) pour que le bourgeois soit épouvanté (ébouriffé comme un oiseau dont toutes les plumes se dressent devant un danger).
5. Pièce coudée, à l'arrière de l'arme, qui a pour but de guider le percuteur (l'élément de l'arme qui fait partir le coup) ; le pistolet de Gavroche est donc absolument inutilisable.

l'hospitalité de son éléphant, c'était pour ses propres frères qu'il avait fait office de providence[6]. Ses frères le soir,
25 son père le matin ; voilà quelle avait été sa nuit. En quittant la rue des Ballets au petit jour, il était retourné en hâte
à l'éléphant, en avait artistement extrait les deux mômes,
avait partagé avec eux le déjeuner quelconque qu'il avait
inventé, puis s'en était allé, les confiant à cette bonne
30 mère la rue qui l'avait à peu près élevé lui-même. En les
quittant, il leur avait donné rendez-vous pour le soir au
même endroit, et leur avait laissé pour adieu ce discours :
— *Je casse une canne, autrement dit : Je m'esbigne, ou,*
comme on dit à la cour, je file. Les mioches, si vous ne
35 *retrouvez pas papa-maman, revenez ici ce soir. Je vous*
ficherai à souper, et je vous coucherai. Les deux enfants,
ramassés par quelque sergent de ville et mis au dépôt[7] ou
volés par quelque saltimbanque, ou simplement égarés
dans l'immense casse-tête chinois[8] parisien, n'étaient pas
40 revenus. Les bas-fonds du monde social actuel sont pleins
de ces traces perdues. Gavroche ne les avait pas revus.
Dix ou douze semaines s'étaient écoulées depuis cette
nuit-là. Il lui était arrivé plus d'une fois de se gratter le
dessus de la tête et de dire : Où diable sont mes deux
45 enfants ?

Cependant, il était parvenu, son pistolet au poing, rue
du Pont-aux-Choux. Il remarqua qu'il n'y avait plus, dans
cette rue, qu'une boutique ouverte, et, chose digne de
réflexion, une boutique de pâtissier. C'était une occasion
50 providentielle de manger encore un chausson aux pommes

---

6. Pour la plupart des croyants, la Providence, c'est le soin que Dieu prend de ses
créatures. On dit de quelqu'un qu'il est une
vraie providence (sans majuscule) lorsqu'il
rend de grands services.
7. C'est-à-dire en prison.
8. Jeu de patience (sorte de puzzle très compliqué). Il est très compliqué, en effet, pour de
jeunes enfants qui n'ont pas l'habitude de le
faire, de se retrouver dans Paris.
9. Petite poche dans le gilet, où l'on range sa
montre ou des pièces de monnaie. C'est évidemment ici une façon de parler : Gavroche
n'est pas vêtu d'un « complet trois pièces »,
comme on dit aujourd'hui !

avant d'entrer dans l'inconnu. Gavroche s'arrêta, tâta ses flancs, fouilla son gousset[9], retourna ses poches, n'y trouva rien, pas un sou, et se mit à crier : Au secours !

Il est dur de manquer le gâteau suprême[10].

55 Gavroche n'en continua pas moins son chemin.

Deux minutes après, il était rue Saint-Louis. En traversant la rue du Parc-Royal il sentit le besoin de se dédommager du chausson de pommes impossible, et il se donna l'immense volupté[11] de déchirer en plein jour les affiches

60 de spectacles.

Un peu plus loin, voyant passer un groupe d'êtres bien portants qui lui parurent des propriétaires, il haussa les épaules et cracha au hasard devant lui cette gorgée de bile philosophique :

65 - Ces rentiers, comme c'est gras ! ça se gave. Ça pataugue dans les bons dîners. Demandez-leur ce qu'ils font de leur argent. Ils n'en savent rien. Ils le mangent, quoi ! Autant en emporte le ventre[12].

IV, 11, 1

[Gavroche se joint à un groupe de révolutionnaires, les amis de l'ABC[13] — groupe dirigé par des étudiants : Enjolras, Combeferre, Courfeyrac.]

La bande grossissait à chaque instant. Vers la rue des

70 Billettes, un homme de haute taille, grisonnant, dont Courfeyrac, Enjolras, et Combeferre remarquèrent la

---

10. Gavroche sent bien qu'il risque de mourir dans la lutte qui se prépare. L'heure *suprême*, c'est l'heure de la mort.
11. Plaisir, jouissance très intense.
12. Vous connaissez le proverbe qui a servi de titre à un film célèbre : *Autant en emporte le vent*. Il signifie : tout cela n'est pas important, le vent l'emportera comme une feuille

morte. On cite également ce dicton pour douter qu'une promesse soit tenue (ces paroles seront emportées par le vent).
13. Ce n'est pas une abréviation, mais un jeu de mots : « *L'abaissé* [abc] *c'était le peuple, on voulait le relever* » (III, 4, 1) — en lui apprenant à lire et en lui donnant la liberté.

mine rude et hardie, mais qu'aucun d'eux ne connaissait, se joignit à eux. Gavroche occupé de chanter, de siffler, de bourdonner, d'aller en avant, et de cogner aux volets de 75 boutiques avec la crosse de son pistolet sans chien, ne fit pas attention à cet homme.

IV, 11, 5 et 6

[Les membres de l'ABC, auxquels se sont joints une cinquantaine d'ouvriers, édifient, à l'angle du cabaret Corinthe, deux solides barricades qui forment une véritable redoute.]

La pluie avait cessé. Des recrues[14] étaient arrivées. Des ouvriers avaient apporté sous leurs blouses un baril de poudre, un panier contenant des bouteilles de vitriol[15], 80 deux ou trois torches de carnaval, et une bourriche[16] pleine de lampions « restés de la fête du roi ». Laquelle fête était toute récente, ayant eu lieu le 1er mai. On disait que ces munitions venaient de la part d'un épicier du faubourg Saint-Antoine nommé Pépin. On brisait l'unique 85 réverbère de la rue de la Chanvrerie, la lanterne correspondante de la rue Saint-Denis, et toutes les lanternes des rues circonvoisines de Mondétour, du Cygne, des Prêcheurs, et de la Grande et de la Petite Truanderie.

Enjolras, Combeferre et Courfeyrac dirigeaient tout. 90 Maintenant deux barricades se construisaient en même temps, toutes deux appuyées à la maison de Corinthe et faisant équerre ; la plus grande fermait la rue de la Chanvrerie, l'autre fermait la rue Mondétour du côté de la rue du Cygne. Cette dernière barricade, très étroite, n'était 95 construite que de tonneaux et de pavés. Ils étaient là environ cinquante travailleurs ; une trentaine armés de

---

14. De nouveaux combattants.
15. Acide sulfurique concentré. Il produit de terribles brûlures sur la peau et peut également être utilisé dans la fabrication d'explosifs.

16. Sorte de panier.
17. Les insurgés espèrent qu'un régiment refusera d'obéir au gouvernement et se joindra à eux pour le combattre.

fusils ; car, chemin faisant, ils avaient fait un emprunt en bloc à une boutique d'armurier.

Rien de plus bizarre et de plus bigarré que cette troupe. 100 [...] : peu de chapeaux, point de cravates, beaucoup de bras nus, quelques piques. Ajoutez à cela tous les âges, tous les visages, de petits jeunes gens pâles, des ouvriers du port bronzés. Tous se hâtaient ; et, tout en s'entraidant, on causait des chances possibles, — qu'on aurait des 105 secours vers trois heures du matin, — qu'on était sûr d'un régiment[17], — que Paris se soulèverait. Propos terribles auxquels se mêlait une sorte de jovialité[18] cordiale. On eût dit des frères, ils ne savaient pas les noms les uns des autres. Les grands périls ont cela de beau qu'ils mettent en 110 lumière la fraternité des inconnus.

Un feu avait été allumé dans la cuisine et l'on y fondait dans un moule à balles brocs, cuillères, fourchettes, toute l'argenterie d'étain du cabaret. On buvait à travers tout cela. Les capsules et les chevrotines traînaient pêle-mêle 115 sur les tables avec les verres de vin. Dans la salle de billard, mame Hucheloup, Matelotte et Gibelotte[19], diversement modifiées par la terreur, dont l'une était abrutie, l'autre essoufflée, l'autre éveillée, déchiraient de vieux torchons et faisaient de la charpie[20] ; trois insurgés les 120 assistaient, trois gaillards chevelus, barbus et moustachus qui épluchaient la toile avec des doigts de lingère et qui les faisaient trembler.

L'homme de haute stature, que Courfeyrac, Combeferre et Enjolras avaient remarqué, à l'instant où il abor- 125 dait l'attroupement au coin de la rue des Billettes, travaillait à la petite barricade et s'y rendait utile. Gavroche travaillait à la grande. [...]

---

18. Bonne humeur (jovialité), pleine de sympathie (cordialité).
19. Les trois occupantes habituelles du cabaret où les étudiants, membres de l'ABC, allaient souvent : la « patronne » et ses deux servantes (IV, 12, 1).

20. C'est un peu l'ancêtre du coton hydrophile : ces petits morceaux d'étoffe arrêtent le sang des blessures. Ce détail prouve que les insurgés s'attendent à une dure bataille.

[Il] s'était chargé de la mise en train. Il allait, venait, montait, descendait, remontait, bruissait, étincelait. Il
130 semblait être là pour l'encouragement de tous. Avait-il un aiguillon ? oui, certes, sa misère ; avait-il des ailes ? oui, certes, sa joie. Gavroche était un tourbillonnement. On le voyait sans cesse, on l'entendait toujours. Il remplissait l'air, étant partout à la fois. C'était une espèce d'ubi-
135 quité[21] presque irritante ; pas d'arrêt possible avec lui. L'énorme barricade le sentait sur sa croupe. Il gênait les flâneurs, il excitait les paresseux, il ranimait les fatigués, il impatientait les pensifs, mettait les uns en gaieté, les au-tres en haleine, les autres en colère, tous en mouvement,
140 piquait un étudiant, mordait un ouvrier ; se posait, s'ar-rêtait, repartait, volait au-dessus du tumulte et de l'effort, sautait de ceux-ci à ceux-là, murmurait, bourdonnait, et harcelait tout l'attelage ; mouche de l'immense Coche révolutionnaire.

145 Le mouvement perpétuel était dans ses petits bras et la clameur perpétuelle dans ses petits poumons :

- Hardi ! encore des pavés ! encore des tonneaux ! en-core des machins ! où y en a-t-il ? Une hottée[22] de plâtras pour me boucher ce trou-là. C'est tout petit, votre barri-
150 cade. Il faut que ça monte. Mettez-y tout, flanquez-y tout, fichez-y tout. Cassez la maison. Une barricade, c'est le thé de la mère Gibou[23]. Tenez, voilà une porte vitrée.

Ceci fit exclamer les travailleurs.

- Une porte vitrée ! qu'est-ce que tu veux qu'on fasse
155 d'une porte vitrée, tubercule[24] ?

- Hercules vous-mêmes ! riposta Gavroche. Une porte

---

21. Don de se trouver partout à la fois (du latin *ubique* : partout).
22. Contenu d'une hotte, grand panier qu'on porte sur ses épaules.
23. C'est probablement le nom d'une tenan-cière de café qui mettait toutes sortes de

plantes dans son thé : il faut de tout pour faire une barricade !
24. Terme de sciences naturelles : petite ra-cine, ou de médecine : petite tumeur. N'ou-bliez pas qu'il y a beaucoup d'étudiants parmi les insurgés ! Il est amusant que cette ex-pression qui signifie ici « petit bout

vitrée dans une barricade, c'est excellent. Ça n'empêche pas de l'attaquer, mais ça gêne pour la prendre. Vous n'avez donc jamais chipé des pommes par-dessus un mur
160 où il y avait des culs de bouteilles ? Une porte vitrée, ça coupe les cors aux pieds de la garde nationale quand elle veut monter sur la barricade. Pardi ! le verre est traître. Ah çà, vous n'avez pas une imagination effrénée, mes camarades.

165 Du reste, il était furieux de son pistolet sans chien. Il allait de l'un à l'autre, réclamant : — Un fusil ! je veux un fusil ! Pourquoi ne me donne-t-on pas un fusil ?

- Un fusil à toi ! dit Combeferre.

- Tiens ! répliqua Gavroche, pourquoi pas ? J'en ai
170 bien eu un en 1830 quand on s'est disputé avec Charles X[25] !

Enjolras haussa les épaules.

- Quand il y en aura pour les hommes, on en donnera aux enfants.

175 Gavroche se tourna fièrement, et lui répondit :

- Si tu es tué avant moi, je te prends le tien.

- Gamin ! dit Enjolras.

- Blanc-bec[26] ! dit Gavroche.

Un élégant fourvoyé qui flânait au bout de la rue, fit
180 diversion[27].

Gavroche lui cria :

- Venez avec nous, jeune homme ! Eh bien, cette vieille patrie, on ne fait donc rien pour elle ?

L'élégant s'enfuit.

IV, 12, 4

---

d'homme » soit entendue par Gavroche au sens d'« homme fort et puissant » (Hercule). Il fait probablement exprès de confondre les deux mots.
25. Deux ans plus tôt, la révolution de 1830 avait amené le roi Charles X à quitter le pouvoir au profit du roi Louis-Philippe. (Mais, en juillet 1830, une partie de l'armée avait soutenu les insurgés, ce qui n'est pas le cas, cette fois-ci.)
26. Personne inexpérimentée (allusion au bec encore mal formé des oisillons).
27. Permit de changer de sujet.

Comprenons le texte

1. Combien de temps s'est écoulé *exactement* entre ce chapitre et le précédent ? Citez une phrase du texte qui le prouve.

2. Qu'y a-t-il de comique et d'attendrissant dans l'expression de Gavroche : « *Où diable sont mes deux enfants* » ? Qui, habituellement, prononce une telle phrase ? Quels sentiments éprouve Gavroche en disant ces mots ? (Cherchez des adjectifs très précis.)

3. « *Le petit Gavroche s'en allait en guerre* » (p. 53). Comment se manifeste (p. 54 et 55) son activité de « *guerrier* » ? Quels détails montrent qu'il reste néanmoins un vrai « *gamin de Paris* » ?

4. Quelle atmosphère règne parmi les insurgés (p. 56) ? Cherchez un mot (ou expression) pour qualifier l'équipement et un(e) autre pour caractériser les sentiments des insurgés.

5. Quel rôle joue Gavroche parmi les insurgés (p. 58) ? A quelle fable de La Fontaine V. Hugo fait-il allusion à ce sujet (p. 58) ? Pourquoi, dans la phrase : « Il allait, venait... étincelait » (p. 58), les verbes sont-ils si nombreux ? Exercez-vous à lire cette phrase de la façon qui corresponde le mieux à l'idée qu'a voulu exprimer l'auteur.

6. Imaginez quelles réflexions peut faire Gavroche pour « gêner, exciter, ranimer, impatienter, mettre en gaieté, en haleine, en colère » (p. 58).

7. Pourquoi Gavroche tient-il tant à avoir un fusil, et pourquoi se fâche-t-il de la réponse d'Enjolras ? Quelle phrase de Gavroche, dans le texte précédent, révélait le même aspect de son caractère ?

L'HOMME RECRUTÉ RUE DES BILLETTES [1]

Les préparatifs de la barricade se poursuivent. Les insurgés s'étonnent de ne pas avoir été encore attaqués par les troupes du gouvernement.

La nuit était tout à fait tombée, rien ne venait. On n'entendait que des rumeurs confuses, et par instants des fusillades ; mais rares, peu nourries et lointaines. Ce répit, qui se prolongeait, était signe que le gouvernement prenait son
5 temps et ramassait ses forces. Ces cinquante hommes en attendaient soixante mille.

Enjolras se sentit pris de cette impatience qui saisit les âmes fortes au seuil des événements redoutables. Il alla trouver Gavroche qui s'était mis à fabriquer des cartou-
10 ches dans la salle basse à la clarté douteuse de deux chandelles, posées sur le comptoir par précaution à cause de la poudre répandue sur les tables. Ces deux chandelles ne jetaient aucun rayonnement au-dehors. Les insurgés en outre avaient eu soin de ne point allumer de lumière dans
15 les étages supérieurs.

Gavroche en ce moment était fort préoccupé, non pas précisément de ses cartouches.

L'homme de la rue des Billettes venait d'entrer dans la salle basse et était allé s'asseoir à la table la moins éclairée.
20 Il lui était échu [2] un fusil de munition grand modèle, qu'il tenait entre ses jambes. Gavroche jusqu'à cet instant, distrait par cent choses « amusantes », n'avait pas même vu cet homme.

Lorsqu'il entra, Gavroche le suivit machinalement des
25 yeux, admirant son fusil, puis, brusquement, quand
l'homme fut assis, le gamin se leva. Ceux qui auraient épié
l'homme jusqu'à ce moment, l'auraient vu tout observer
dans la barricade et dans la bande des insurgés avec une
attention singulière ; mais depuis qu'il était entré dans la
30 salle, il avait été pris d'une sorte de recueillement et semblait ne plus rien voir de ce qui se passait. Le gamin
s'approcha de ce personnage pensif et se mit à tourner
autour de lui sur la pointe du pied comme on marche
auprès de quelqu'un qu'on craint de réveiller. En même
35 temps, sur son visage enfantin, à la fois si effronté[3] et si
sérieux, si évaporé et si profond, si gai et si navrant,
passaient toutes ces grimaces de vieux qui signifient : —
Ah bah ! — pas possible ! — j'ai la berlue ! — je rêve ! —
est-ce que ce serait ?... — non, ce n'est pas ! — mais si !
40 — mais non ! etc., etc. [...]

C'est au plus fort de cette préoccupation qu'Enjolras
l'aborda.

- Tu es petit, dit Enjolras, on ne te verra pas. Sors des
barricades, glisse-toi le long des maisons, va un peu
45 partout par les rues, et reviens me dire ce qui se passe.

Gavroche se haussa sur ses hanches.

- Les petits sont donc bons à quelque chose ! c'est bien
heureux ! J'y vas ! En attendant fiez-vous aux petits, mé-
fiez-vous des grands... — Et Gavroche, levant la tête et
50 baissant la voix, ajouta, en désignant l'homme de la rue
des Billettes :

- Vous voyez bien ce grand-là ?

- Eh bien ?

- C'est un mouchard[4].

55 - Tu es sûr ?

- Il n'y a pas quinze jours qu'il m'a enlevé par l'oreille
de la corniche du pont Royal où je prenais l'air.

Enjolras quitta vivement le gamin et murmura quelques
mots très bas à un ouvrier du Port aux vins qui se trouvait
60 là. L'ouvrier sortit de la salle et y rentra presque tout de

suite accompagné de trois autres. Les quatre hommes, quatre portefaix[5] aux larges épaules, allèrent se placer, sans rien faire qui pût attirer son attention, derrière la table où était accoudé l'homme de la rue des Billettes. Ils étaient
65 visiblement prêts à se jeter sur lui.

Alors Enjolras s'approcha de l'homme et lui demanda :
- Qui êtes-vous ?

A cette question brusque, l'homme eut un soubresaut. Il plongea son regard jusqu'au fond de la prunelle candide
70 d'Enjolras et parut y saisir sa pensée. Il sourit d'un sourire qui était tout ce qu'on peut voir au monde de plus dédaigneux, de plus énergique et de plus résolu, et répondit avec une gravité hautaine :
- Je vois ce que c'est... Eh bien, oui !
75 - Vous êtes mouchard ?
- Je suis agent de l'autorité.
- Vous vous appelez ?
- Javert.

Enjolras fit signe aux quatre hommes. En un clin d'œil,
80 avant que Javert eût eu le temps de se retourner, il fut colleté, terrassé, garrotté[6], fouillé.

On trouva sur lui une petite carte ronde collée entre deux verres et portant d'un côté les armes de France gravées, avec cette légende : *Surveillance et vigilance,* et
85 de l'autre cette mention : Javert, inspecteur de police, âgé de cinquante-deux ans ; et la signature du préfet de police d'alors, M. Gisquet.

Il avait en outre sa montre et sa bourse, qui contenait quelques pièces d'or. On lui laissa la bourse et la montre.
90 Derrière la montre, au fond du gousset, on tâta et l'on saisit un papier sous enveloppe qu'Enjolras déplia et où il

---

3. Qui ne respecte rien, qui se moque de tout.
4. Un espion, un membre de la police (et, comme tel, au service du gouvernement).

5. Débardeurs, dockers. Ils déchargent les bateaux sur le port fluvial de la Seine, et ont évidemment une carrure impressionnante.
6. Ligoté.

lut ces cinq lignes écrites de la main même du préfet de police :

« Sitôt sa mission politique remplie, l'inspecteur Javert
95 s'assurera, par une surveillance spéciale, s'il est vrai que des malfaiteurs aient des allures sur la berge de la rive droite de la Seine près le pont d'Iéna. »

Le fouillage terminé, on redressa Javert, on lui noua les bras derrière le dos et on l'attacha au milieu de la salle
100 basse à ce poteau célèbre qui avait jadis donné son nom au cabaret[7].

Gavroche, qui avait assisté à toute la scène et tout approuvé d'un hochement de tête silencieux, s'approcha de Javert et lui dit :
105 - C'est la souris qui a pris le chat.

Tout cela s'était exécuté si rapidement que c'était fini quand on s'en aperçut autour du cabaret. Javert n'avait pas jeté un cri. En voyant Javert lié au poteau, Courfeyrac, Bossuet, Joly, Combeferre, et les hommes dispersés
110 dans les deux barricades, accoururent.

Javert, adossé au poteau et si entouré de cordes qu'il ne pouvait faire un mouvement, levait la tête avec la sérénité intrépide de l'homme qui n'a jamais menti.

- C'est un mouchard, dit Enjolras.
115 Et se tournant vers Javert :

- Vous serez fusillé deux minutes avant que la barricade soit prise.

Javert répliqua de son accent le plus impérieux :

- Pourquoi pas tout de suite ?
120 - Nous ménageons la poudre.

- Alors finissez-en d'un coup de couteau.

- Mouchard, dit le bel Enjolras, nous sommes des juges et non des assassins.

---

7. Il y a, au milieu de la salle du cabaret, un poteau sur lequel, jadis, le poète Mathurin Régnier (1573-1613) avait peint un raisin de Corinthe (IV, 12, 1), d'où le nom du cabaret.

Puis il appela Gavroche.

125 - Toi ! va à ton affaire ! Fais ce que je t'ai dit.

- J'y vas, cria Gavroche.

Et s'arrêtant au moment de partir :

- A propos, vous me donnerez son fusil ! Et il ajouta : Je vous laisse le musicien, mais je veux la clarinette.

130 Le gamin fit le salut militaire et franchit gaiement la coupure de la grande barricade.

IV, 12, 7

Comprenons le texte

1. Quel détail amène Gavroche à s'intéresser à « l'homme de la rue des Billettes » ? Comment, au cinéma, ce détail permettrait-il de lier cette scène à la précédente ?

2. Quels sont les sentiments de Gavroche après la capture de Javert ? Et les vôtres ?

3. Gavroche a-t-il rendu un grand service aux insurgés ? Pourquoi ?

Exprimons-nous

1. Rédigez le rapport qu'aurait fait Javert au préfet qui lui a commandé cette « mission politique ».

2. Jouez la scène de la capture de Javert. Suivez bien les indications que Victor Hugo donne dans le texte. Soignez particulièrement les intonations des personnages.

LE DRAPEAU

La nuit tombe sans que le moindre soldat se montre aux environs de la barricade.

Rien ne venait encore. Dix heures avaient sonné à Saint-Merry. Enjolras et Combeferre étaient allés s'asseoir, la carabine à la main, près de la coupure de la grande barricade. Ils ne se parlaient pas, ils écoutaient ; cherchant à
5 saisir même le bruit de marche le plus sourd et le plus lointain.

Subitement, au milieu de ce calme lugubre, une voix claire, jeune, gaie, qui semblait venir de la rue Saint-Denis, s'éleva et se mit à chanter distinctement sur le vieil air
10 populaire *Au clair de la lune* cette poésie terminée par une sorte de cri pareil au chant du coq :

> *Mon nez est en larmes,*
> *Mon ami Bugeaud[1],*
> *Prêt'-moi tes gendarmes*
15 > *Pour leur dire un mot.*
> *En capote bleue,*
> *La poule au shako[2],*
> *Voici la banlieue[3] !*
> *Co-cocorico !*

20 Ils se serrèrent la main.
    - C'est Gavroche, dit Enjolras.
    - Il nous avertit, dit Combeferre.

---

1. Il s'agit très probablement du maréchal Bugeaud de la Piconnerie qu'a rendu célèbre la chanson : « *As-tu vu la casquette, la casquette...* », au moment de la conquête de l'Algérie. Il avait alors un rôle important dans l'armée.

2. Képi (mais non pas cylindrique, comme aujourd'hui : légèrement plus étroit en haut qu'en bas). Précisément, dans le dictionnaire Larousse, le portrait du maréchal Bugeaud le représente coiffé de ce couvre-chef.
3. Comme nous l'avons dit, p. 53, beaucoup de gardes nationaux, employés pour rétablir

Une course précipitée troubla la rue déserte ; on vit un être plus agile qu'un clown grimper par-dessus l'omnibus
25 et Gavroche bondit dans la barricade tout essoufflé, en disant :

- Mon fusil ! Les voici.

Un frisson électrique parcourut toute la barricade et l'on entendit le mouvement des mains cherchant les fusils.
30 - Veux-tu ma carabine ? dit Enjolras au gamin.

- Je veux le grand fusil, répondit Gavroche.

Et il prit le fusil de Javert.

Deux sentinelles s'étaient repliées[4] et étaient rentrées presque en même temps que Gavroche. C'étaient la senti-
35 nelle du bout de la rue et la vedette[5] de la Petite Truanderie. La vedette de la ruelle des Prêcheurs était restée à son poste, ce qui indiquait que rien ne venait du côté des ponts et des Halles.

La rue de la Chanvrerie, dont quelques pavés à peine
40 étaient visibles au reflet de la lumière qui se projetait sur le drapeau, offrait aux insurgés l'aspect d'un grand porche noir vaguement ouvert dans une fumée.

Chacun avait pris son poste de combat.

Quarante-trois insurgés, parmi lesquels Enjolras, Com-
45 beferre, Courfeyrac, Bossuet, Joly, Bahorel et Gavroche, étaient agenouillés dans la grande barricade, les têtes à fleur de la crête du barrage, les canons des fusils et des carabines braqués sur les pavés comme à des meurtrières, attentifs, muets, prêts à faire feu. Six, commandés par
50 Feuilly, s'étaient installés, le fusil en joue[6], aux fenêtres des deux étages de Corinthe.

---

l'ordre dans Paris, étaient recrutés dans les communes de la banlieue. C'est la raison pour laquelle, dans sa chanson (p. 79), Gavroche se moque de toutes ces agglomérations de la banlieue. « La poule au shako » désigne le plumet que les gardes nationaux portaient au képi.

4. Elles étaient sorties de la redoute pour guetter la venue de l'ennemi : elles reculent maintenant pour se mettre à l'abri.
5. Sentinelle capable de se déplacer rapidement (le mot est vieilli en ce sens).
6. Prêts à tirer (le fusil est alors contre leur joue).

Quelques instants s'écoulèrent encore, puis un bruit de pas, mesuré, pesant, nombreux, se fit entendre distinctement du côté de Saint-Leu. Ce bruit, d'abord faible, puis
55 précis, puis lourd et sonore, s'approchait lentement, sans halte, sans interruption, avec une continuité tranquille et terrible. On n'entendait rien que cela. C'était tout ensemble le silence et le bruit de la statue du Commandeur[7], mais ce pas de pierre avait on ne sait quoi d'énorme et de
60 multiple qui éveillait l'idée d'une foule en même temps que l'idée d'un spectre. On croyait entendre marcher l'effrayante statue Légion[8]. Ce pas approcha ; il approcha encore, et s'arrêta. Il sembla qu'on entendît au bout de la rue le souffle de beaucoup d'hommes. On ne voyait rien
65 pourtant, seulement on distinguait tout au fond, dans cette épaisse obscurité, une multitude de fils métalliques, fins comme des aiguilles et presque imperceptibles, qui s'agitaient, pareils à ces indescriptibles réseaux phosphoriques[9] qu'au moment de s'endormir on aperçoit, sous ces
70 paupières fermées, dans les premiers brouillards du sommeil. C'étaient les baïonnettes et les canons de fusils confusément éclairés par la réverbération lointaine de la torche[10].

Il y eut encore une pause, comme si des deux côtés on
75 attendait. Tout à coup, du fond de cette ombre, une voix, d'autant plus sinistre qu'on ne voyait personne, et qu'il semblait que c'était l'obscurité elle-même qui parlait, cria :
- Qui vive ?

---

7. Allusion à la légende de *Don Juan,* dont — entre autres — Molière a tiré une pièce admirable. Don Juan est un « grand seigneur méchant homme » qui accumule les mauvaises actions. Pour s'amuser, il invite à dîner la statue d'un Commandeur (noble de haut rang) qu'il a assassiné. La statue vient au rendez-vous, à son grand effroi, et le précipite en enfer. L'approche de l'armée est (presque) aussi effrayante que celle de la statue !
8. Suite de la comparaison précédente : l'armée est aussi effrayante que la statue du Commandeur, et elle est composée de beaucoup d'hommes (une légion).
9. On appelle aujourd'hui ces « réseaux »

80 En même temps on entendit le cliquetis des fusils qui s'abattent.

Enjolras répondit d'un accent vibrant et altier[11] :

- Révolution française.

- Feu ! dit la voix.

85 Un éclair empourpra toutes les façades de la rue comme si la porte d'une fournaise s'ouvrait et se fermait brusquement.

Une effroyable détonation éclata sur la barricade. Le drapeau rouge tomba. La décharge avait été si violente et 90 si dense qu'elle en avait coupé la hampe[12] ; c'est-à-dire la pointe même du timon[13] de l'omnibus. Des balles, qui avaient ricoché sur les corniches des maisons, pénétrèrent dans la barricade et blessèrent plusieurs hommes.

L'impression de cette première décharge fut glaçante[14]. 95 L'attaque était rude et de nature à faire songer les plus hardis. Il était évident qu'on avait au moins affaire à un régiment tout entier.

- Camarades, cria Courfeyrac, ne perdons pas la poudre. Attendons pour riposter qu'ils soient engagés dans la 100 rue.

- Et, avant tout, dit Enjolras, relevons le drapeau !

Il ramassa le drapeau qui était précisément tombé à ses pieds.

On entendait au-dehors le choc des baguettes[15] dans les 105 fusils ; la troupe rechargeait les armes.

IV, 14, 1

des phosphènes. Ils sont produits par une excitation des centres nerveux de l'œil.
10. Qui éclaire la grande barricade.
11. Fier (*altus* en latin signifie haut).
12. On appelle ainsi le bâton auquel est attachée l'étoffe d'un drapeau.
13. Pièce de bois à laquelle on attelle les

chevaux de l'omnibus (un cheval tire une charrette *entre* les brancards, deux chevaux côte à côte sont attelés *de part et d'autre* du timon).
14. Elle glace de peur, impressionne fortement.
15. Il fallait autrefois bourrer la poudre dans les fusils.

[Les soldats gouvernementaux tentent de prendre d'assaut la barricade. Ils sont repoussés de justesse, au prix d'un grand nombre de morts, de part et d'autre. Ils se replient et semblent disposés à attendre le lendemain pour lancer une nouvelle offensive... Pendant la nuit, les insurgés comprennent qu'ils ne sont pas soutenus par la population et que l'armée va déployer contre eux un effort considérable. Ils sont perdus et le savent. Pour éviter à Gavroche de mourir avec eux, ils l'envoient à nouveau en mission à l'extérieur.]

Le jour croissait rapidement. Mais pas une fenêtre ne s'ouvrait, pas une porte ne s'entrebâillait ; c'était l'aurore, non le réveil. L'extrémité de la rue de la Chanvrerie opposée à la barricade avait été évacuée par les troupes,
110 comme nous l'avons dit ; elle semblait libre et s'ouvrait aux passants avec une tranquillité sinistre. La rue Saint-Denis était muette comme l'avenue des sphinx[1] à Thèbes. Pas un être vivant dans les carrefours que blanchissait un reflet de soleil. Rien n'est lugubre comme
115 cette clarté des rues désertes.

On ne voyait rien, mais on entendait. Il se faisait à une certaine distance un mouvement mystérieux. Il était évident que l'instant critique arrivait. Comme la veille au soir les vedettes se replièrent ; mais cette fois toutes.
120 La barricade était plus forte que lors de la première attaque [...]. On l'avait exhaussée encore.

Sur l'avis de la vedette qui avait observé la région des Halles, Enjolras, de peur d'une surprise par-derrière, prit une résolution grave. Il fit barricader le petit boyau de la
125 ruelle Mondétour resté libre jusqu'alors. On dépava pour cela quelques longueurs de maisons de plus. De cette façon, la barricade, murée sur trois rues, en avant sur la rue de la Chanvrerie, à gauche sur la rue du Cygne et la Petite Truanderie, à droite sur la rue Mondétour, était
130 vraiment presque inexpugnable[2] ; il est vrai qu'on y était fatalement enfermé. Elle avait trois fronts, mais n'avait plus d'issue. Forteresse, mais souricière, dit Courfeyrac en riant.

Enjolras fit entasser près de la porte du cabaret une
135 trentaine de pavés, « arrachés de trop », disait Bossuet.

Le silence était maintenant si profond du côté d'où
l'attaque devait venir qu'Enjolras fit reprendre à chacun le
poste de combat.

On distribua à tous une ration d'eau-de-vie.

140 Rien n'est plus curieux qu'une barricade qui se prépare
à un assaut. Chacun choisit sa place comme au spectacle.
On s'accote, on s'accoude, on s'épaule. Il y en a qui se
font des stalles avec des pavés. Voilà un coin de mur qui
gêne, on s'en éloigne ; voici un redan[3] qui peut protéger,
145 on s'y abrite. Les gauchers sont précieux ; ils prennent les
places incommodes aux autres. Beaucoup s'arrangent
pour combattre assis. On veut être à l'aise pour tuer et
confortablement pour mourir. Dans la funeste guerre de
juin 1848, un insurgé, qui avait un tir redoutable et qui se
150 battait du haut d'une terrasse sur un toit, s'y était fait
apporter un fauteuil Voltaire ; un coup de mitraille vint l'y
trouver.

Sitôt que le chef a commandé le branle-bas de combat,
tous les mouvements désordonnés cessent ; plus de ti-
155 raillements de l'un à l'autre ; plus de coteries[4] ; plus
d'aparté[5] ; plus de bande à part ; tout ce qui est dans les
esprits converge et se change en attente de l'assaillant.
Une barricade avant le danger, chaos ; dans le danger,
discipline. Le péril fait l'ordre.

160 Dès qu'Enjolras eut pris sa carabine à deux coups et se
fut placé à une espèce de créneau qu'il s'était réservé, tous
se turent. Un pétillement de petits bruits secs retentit
confusément le long de la muraille de pavés. C'était les
fusils qu'on armait. [...]

165 L'attente ne fut pas longue. Le remuement recom-

---

1. Selon une croyance de l'ancienne Égypte,
les sphinx, êtres mystérieux et cruels, à
corps de lion et à tête d'homme, proposaient
aux passants des énigmes difficiles et dévo-
raient ceux qui ne pouvaient pas répondre.

2. Impossible à prendre d'assaut.
3. Légère avancée dans des fortifications.
4. Petits groupes en lutte les uns avec les
autres.
5. Conversation particulière à voix basse.

mença distinctement du côté de Saint-Leu, mais cela ne
ressemblait pas au mouvement de la première attaque. Un
clapotement de chaînes, le cahotement inquiétant d'une
masse, un cliquetis d'airain sautant sur le pavé, une sorte
170 de fracas solennel, annoncèrent qu'une ferraille sinistre
s'approchait. Il y eut un tressaillement dans les entrailles
de ces vieilles rues paisibles, percées et bâties pour la
circulation féconde des intérêts et des idées[6], et qui ne
sont pas faites pour le roulement monstrueux des roues de
175 la guerre.

La fixité des prunelles de tous les combattants sur l'extrémité de la rue devint farouche.

Une pièce de canon apparut.

Les artilleurs poussaient la pièce ; elle était dans son
180 encastrement de tir ; l'avant-train avait été détaché ; deux
soutenaient l'affût, quatre étaient aux roues ; d'autres
suivaient avec le caisson[7]. On voyait fumer la mèche
allumée.

- Feu ! cria Enjolras.

185 Toute la barricade fit feu, la détonation fut effroyable ;
une avalanche de fumée couvrit et effaça la pièce et les
hommes ; après quelques secondes, le nuage se dissipa, et
le canon et les hommes reparurent ; les servants de la
pièce achevaient de la rouler en face de la barricade lente-
190 ment, correctement et sans se hâter. Pas un n'était atteint.
Puis le chef de pièce, pesant sur la culasse pour élever le
tir, se mit à pointer le canon avec la gravité d'un astro-
nome qui braque une lunette.

- Bravo les canonniers ! cria Bossuet.

195 Et toute la barricade battit des mains.

---

6. C'est un quartier très vivant. Beaucoup de gens y passaient pour leurs affaires (les *inté-rêts*) ou pour échanger des *idées*.
7. Le canon est prêt à tirer. On a ôté *l'avant-train* qui permet de le faire tirer par des che-vaux. Les hommes soutiennent *l'affût*, c'est-à-dire la pièce sur laquelle repose le tube du canon. *L'encastrement* est la pièce qui joint les deux précédentes. D'autres poussent le caisson : sorte de petite remor-que contenant les munitions pour le canon.

Un moment après, carrément posée au beau milieu de la rue à cheval sur le ruisseau, la pièce était en batterie. Une gueule formidable était ouverte sur la barricade.

- Allons, gai ! fit Courfeyrac. Voilà le brutal. Après la
200 chiquenaude[8], le coup de poing. L'armée étend vers nous sa grosse patte. La barricade va être sérieusement secouée. La fusillade tâte, le canon prend. [...]

De quelle façon le revêtement de la barricade allait-il se comporter sous le boulet ? Le coup ferait-il brèche ? Là
205 était la question. Pendant que les insurgés rechargeaient les fusils, les artilleurs chargeaient le canon.

L'anxiété était profonde dans la redoute.

Le coup partit, la détonation éclata.

- Présent ! cria une voix joyeuse.

210 Et en même temps que le boulet sur la barricade, Gavroche s'abattit dedans.

Il arrivait du côté de la rue du Cygne et il avait lestement enjambé la barricade accessoire qui faisait front au dédale[9] de la Petite Truanderie.

215 Gavroche fit plus d'effet dans la barricade que le boulet.

Le boulet s'était perdu dans le fouillis des décombres. Il avait tout au plus brisé une roue de l'omnibus, et achevé la vieille charrette Anceau[10]. Ce que voyant, la barricade se mit à rire.

220 - Continuez, cria Bossuet aux artilleurs. [...]

Cependant Gavroche était déjà à l'autre bout de la barricade criant : Mon fusil !

Courfeyrac le lui fit rendre.

Gavroche prévint « les camarades », comme il les ap-
225 pelait, que la barricade était bloquée. Il avait eu grand-

---

8. Coup très léger fait avec l'index glissant sur le pouce.
9. Ensemble de rues où il est facile de se perdre. Dédale est l'architecte grec qui construisit le fameux Labyrinthe. Il ne parvint à s'en

échapper qu'en se fabriquant des ailes, comme son fils Icare.
10. La charrette (ou haquet) « d'un fabricant de chaux appelé Anceau » (IV, 12, 3), charrette que les insurgés ont placée à la base de la barricade.

VICTOR HUGO

peine à arriver. Un bataillon de ligne[11], dont les faisceaux[12] étaient dans la Petite Truanderie, observait le côté de la rue du Cygne ; du côté opposé, la garde municipale occupait la rue des Prêcheurs. En face, on avait le gros de
230 l'armée.

Ce renseignement donné, Gavroche ajouta :
- Je vous autorise à leur flanquer une pile indigne[13].

Cependant Enjolras à son créneau, l'oreille tendue, épiait.
235 Les assaillants, peu contents sans doute du coup à boulet, ne l'avaient pas répété.

Une compagnie d'infanterie de ligne était venue occuper l'extrémité de la rue, en arrière de la pièce. Les soldats dépavaient la chaussée et y construisaient avec les pavés
240 une petite muraille basse, une façon d'épaulement qui n'avait guère plus de dix-huit pouces de hauteur[14] et qui faisait front à la barricade. A l'angle de gauche de cet épaulement, on voyait la tête de colonne d'un bataillon de la banlieue, massé rue Saint-Denis.

V, 1, 7 et 8

Comprenons le texte

1. Pourquoi Combeferre, en entendant la chanson de Gavroche (p. 66), dit-il : « Il nous avertit » ?

2. Par quels moyens Victor Hugo suggère-t-il une atmosphère très dramatique, lors de la première attaque des soldats (p. 68) ? Relevez six ou sept expressions qui vous paraissent vraiment caractéristiques pour dépeindre cette ambiance sinistre.

11. Un groupe de soldats (moins important qu'un régiment) habitués à combattre en ligne (et non en ordre dispersé comme dans une guérilla).
12. Dans un campement militaire, les fusils sont rangés sous forme de pyramides (pour qu'on puisse les saisir plus rapidement, en cas d'alerte).
13. Une défaite qui leur fera perdre leur *dignité*, les ridiculisera.

14. Dans les films de guerre ou de cow-boys, vous avez dû voir les combattants se chercher ou se fabriquer de ces sortes de petits remparts *(épaulements)* qui leur permettent à la fois d'être à l'abri et de viser *(épauler)*. Le pouce mesurant 2,5 centimètres, la muraille que construisent les soldats à environ 45 centimètres de haut.

3. Rédigez, en cinq ou six lignes, une histoire d'épouvante (fantômes, vampires, château hanté, etc.) dans laquelle vous emploierez les mots découverts grâce à la question précédente. Soulignez, dans votre texte, les mots que vous avez empruntés à Victor Hugo.

4. A quels détails voit-on que les insurgés sont *fiers* de la cause qu'ils défendent ?

5. Que veut dire Courfeyrac par « *forteresse, mais souricière* » (p. 70) ? Cette réflexion le fait rire, mais est-elle si drôle ?

6. A quoi serviront, à votre avis, les pavés « *arrachés de trop* » (p. 71) ?

7. Relevez les expressions qui montrent l'inquiétude des insurgés en voyant apparaître le canon. Comment réagissent-ils après que le premier boulet a été tiré ? Pourquoi ?

8. Comment, au cinéma, traduirait-on l'arrivée de Gavroche qui produit un « coup de théâtre » événement imprévu) ? Décrivez très brièvement, mais avec précisio.., les différents plans d'un film qui présenterait la scène.

9. Comme Gavroche, les insurgés ne manquent pas d'ironie à l'égard des assaillants. Relevez quelques-unes de leurs expressions.

Exprimons-nous

1. Amusez-vous à *chanter* la chanson de Gavroche (sur l'air d'*Au clair de la lune*).

2. Comme Gavroche, inventez de nouvelles paroles sur cet air connu (ou sur tout autre, aussi connu).

3. Réalisez, sous forme de maquette en carton (ou à l'aide d'éléments empruntés à des jouets *Playmobil, Légo,* etc.), la barricade et les différents mouvements des personnages.
(Si le collège ou l'un des élèves dispose d'une caméra pouvant effectuer la prise de vues « image par image », il sera possible de réaliser ainsi une sorte de film d'animation.)

4. Vous êtes reporter de radio et rendez compte des événements depuis un hélicoptère. Imaginez (et si possible enregistrez) ce que vous voyez et entendez pour tenir vos auditeurs au courant du développement de la situation, « minute par minute ».

La liberté guidant le peuple,
tableau de Eugène Delacroix.

GAVROCHE DEHORS

Les attaques se succèdent contre la barricade. Un deuxième canon entre en action. Il est évident que les assaillants ont choisi la tactique habituelle contre les émeutes : « Tirailler longtemps afin d'épuiser les munitions des insurgés s'ils font la faute de répliquer. Quand on s'aperçoit au ralentissement de leur feu qu'ils n'ont plus ni balle ni poudre, on donne l'assaut » (V, 1, 11).

Les révolutionnaires évitent de tomber dans le piège et économisent leurs cartouches. Devant leur silence, l'officier qui commande les gardes nationaux — et qui est désireux de se couvrir de gloire en prenant la barricade avec sa seule compagnie — lance ses hommes à l'attaque. La plupart se font fusiller à bout portant par les insurgés. Une nouvelle salve, tirée par ceux-ci, tue les deux tiers des artilleurs. Devant la barricade, le sol est donc jonché de cadavres. Derrière, on se félicite de cette victoire. Mais Enjolras garde la tête froide : « Encore un quart d'heure de ce succès et il n'y aura plus dix cartouches dans la barricade. Il paraît que Gavroche entendit ce mot » (V, 1, 14).

Courfeyrac tout à coup aperçut quelqu'un au bas de la barricade, dehors, dans la rue, sous les balles.

Gavroche avait pris un panier à bouteilles dans le cabaret, était sorti par la coupure[1], et était paisiblement occupé
5 à vider dans son panier les gibernes[2] pleines de cartouches des gardes nationaux tués sur le talus de la redoute[3].

- Qu'est-ce que tu fais là ? dit Courfeyrac.

---

1. Ouverture, brèche.
2. Sacoches portées en bandoulière ou à la ceinture, dans lesquelles les soldats rangeaient leurs cartouches. Vous connaissez peut-être le proverbe « Avoir un bâton de maréchal dans sa giberne » : il signifie que tout soldat peut devenir un jour un grand chef de guerre.

tout soldat peut devenir un jour un grand chef de guerre.
3. Ouvrage fortifié. Vous vous souvenez que les barricades constituent pour les insurgés une « forteresse » en même temps qu'une « souricière ».

Gavroche leva le nez :

- Citoyen, j'emplis mon panier.

10 - Tu ne vois donc pas la mitraille ?

Gavroche répondit :

- Eh bien, il pleut. Après ?

Courfeyrac cria :

- Rentre !

15 - Tout à l'heure, fit Gavroche.

Et, d'un bond, il s'enfonça dans la rue.

On se souvient que la compagnie Fannicot[4], en se reti-
rant, avait laissé derrière elle une traînée de cadavres.

Une vingtaine de morts gisaient çà et là dans toute la
20 longueur de la rue sur le pavé. Une vingtaine de gibernes
pour Gavroche. Une provision de cartouches pour la barricade.

La fumée était dans la rue comme un brouillard. Qui-
conque a vu un nuage tombé dans une gorge de montagnes
25 entre deux escarpements à pic, peut se figurer cette fumée
resserrée et comme épaissie par deux sombres lignes de
hautes maisons. Elle montait lentement et se renouvelait
sans cesse ; de là un obscurcissement graduel qui blêmis-
sait même le plein jour. C'est à peine si, d'un bout à l'autre
30 de la rue, pourtant fort courte, les combattants s'aperce-
vaient.

Cet obscurcissement, probablement voulu et calculé
par les chefs qui devaient diriger l'assaut de la barricade,
fut utile à Gavroche.

35 Sous les plis de ce voile de fumée et grâce à sa petitesse,
il put s'avancer assez loin dans la rue sans être vu. Il
dévalisa les sept ou huit premières gibernes sans grand
danger.

---

4. C'est le nom de l'officier de gardes nationaux qui, de façon inconsidérée, a lancé ses
hommes à l'assaut de la barricade.
5. Petite gourde remplie de poudre, qui per-
mettait de recharger un fusil.

6. Un proverbe (un peu oublié aujourd'hui)
disait alors : « garder une poire pour la soif » :
économiser pour les besoins à venir.
7. Localités de la banlieue parisienne (n'ou-
bliez pas que les gardes nationaux viennent
— pour la plupart — de la banlieue !). Par ses

Il rampait à plat ventre, galopait à quatre pattes, prenait
40 son panier aux dents, se tordait, glissait, ondulait, ser-
pentait d'un mort à l'autre, et vidait la giberne ou la car-
touchière comme un singe ouvre une noix.

De la barricade, dont il était encore assez près, on
n'osait lui crier de revenir, de peur d'appeler l'attention
45 sur lui.

Sur un cadavre, qui était un caporal, il trouva une poire
à poudre[5].

- Pour la soif[6], dit-il, en la mettant dans sa poche.

A force d'aller en avant, il parvint au point où le brouil-
50 lard de la fusillade devenait transparent.

Si bien que les tirailleurs de la ligne rangés et à l'affût
derrière leur levée de pavés, et les tirailleurs de la banlieue
massés à l'angle de la rue, se montrèrent soudainement
quelque chose qui remuait dans la fumée.

55 Au moment où Gavroche débarrassait de ses cartouches un sergent gisant près d'une borne, une balle frappa
le cadavre.

- Fichtre ! fit Gavroche. Voilà qu'on me tue mes morts.

Une deuxième balle fit étinceler le pavé à côté de lui.
60 Une troisième renversa son panier.

Gavroche regarda, et vit que cela venait de la banlieue.

Il se dressa tout droit, debout, les cheveux au vent, les
mains sur les hanches, l'œil fixé sur les gardes nationaux
qui tiraient, et il chanta :

65   *On est laid à Nanterre[7],*
      C'est la faute à Voltaire,
      Et bête à Palaiseau[7],
      C'est la faute à Rousseau.

---

paroles (qu'il improvise au fur et à mesure), la chanson de Gavroche a un aspect provoca-teur : il nargue ouvertement ses adversaires. Mais le choix même de la mélodie est ironi-que. Cette chanson, *C'est la faute à Voltaire*, avait en effet été écrite pour ridiculiser les adversaires de la Révolution française qui voyaient dans les idées de Voltaire et de Rousseau (les deux inspirateurs du mouve-ment de 1789) la source de tous les maux.

Puis il ramassa son panier, y remit, sans en perdre une
70 seule, les cartouches qui en étaient tombées, et, avançant
vers la fusillade, alla dépouiller une autre giberne. Là une
quatrième balle le manqua encore. Gavroche chanta :

> Je ne suis pas notaire,
> C'est la faute à Voltaire,
75 > Je suis petit oiseau,
> C'est la faute à Rousseau.

Une cinquième balle ne réussit qu'à tirer de lui un troisième couplet :

> Joie est mon caractère,
80 > C'est la faute à Voltaire ;
> Misère est mon trousseau[8],
> C'est la faute à Rousseau.

Cela continua ainsi quelque temps.

Le spectacle était épouvantable et charmant. Gavro-
85 che, fusillé, taquinait la fusillade. Il avait l'air de s'amuser
beaucoup. C'était le moineau becquetant les chasseurs. Il
répondait à chaque décharge par un couplet. On le visait
sans cesse, on le manquait toujours. Les gardes nationaux
et les soldats riaient en l'ajustant. Il se couchait, puis se
90 redressait, s'effaçait dans un coin de porte, puis bondis-
sait, disparaissait, reparaissait, se sauvait, revenait, ri-
postait à la mitraille par des pieds de nez, et cependant
pillait les cartouches, vidait les gibernes et remplissait son
panier. Les insurgés, haletants d'anxiété, le suivaient des
95 yeux. La barricade tremblait ; lui, il chantait. Ce n'était
pas un enfant, ce n'était pas un homme ; c'était un étrange
gamin fée. On eût dit le nain invulnérable de la mêlée[9]. Les

---

8. Ensemble des vêtements (tous ceux, par
exemple, qu'une jeune fille emporte de chez
elle en se mariant ; ou ceux qu'un pension-
naire doit rassembler pour l'internat).
9. C'est une image qui a souvent été utilisée

dans les films comiques : au milieu d'une ba-
garre, les plus petits parviennent à échapper à
la mêlée grâce à leur taille.
10. La mort est souvent représentée par un
squelette, une sorte de fantôme (spectre).

balles couraient après lui, il était plus leste qu'elles. Il jouait on ne sait quel effrayant jeu de cache-cache avec la
100 mort ; chaque fois que la face camarde du spectre[10] s'approchait, le gamin lui donnait une pichenette.

Une balle pourtant, mieux ajustée ou plus traître que les autres, finit par atteindre l'enfant feu follet. On vit Gavroche chanceler, puis il s'affaissa. Toute la barricade poussa
105 un cri ; mais il y avait de l'Antée[11] dans ce pygmée[12] ; pour le gamin, toucher le pavé, c'est comme pour le géant toucher la terre ; Gavroche n'était tombé que pour se redresser ; il resta assis sur son séant, un long filet de sang rayait son visage, il éleva ses deux bras en l'air, regarda du
110 côté d'où était venu le coup, et se mit à chanter :

> *Je suis tombé par terre,*
> *C'est la faute à Voltaire,*
> *Le nez dans le ruisseau,*
> *C'est la faute à ...*

115 Il n'acheva point. Une seconde balle du même tireur l'arrêta court. Cette fois il s'abattit la face contre le pavé, et ne remua plus. Cette petite grande âme venait de s'envoler.

V, 1, 15

Comprenons le texte

1. Dans quel but Gavroche est-il sorti de la barricade ? Que veut-il faire exactement ? Pourquoi ? Qu'est-ce qui l'a décidé à faire cette tentative ? Quelle circonstance en favorise l'exécution ?

2. Comment en parle-t-il à Courfeyrac ? Semble-t-il mesurer exactement le danger ? Selon vous, est-il très courageux ou « inconscient » ?

Camard signifie « qui a le nez aplati ». Un squelette n'a effectivement plus de nez. Dans plusieurs chansons de Georges Brassens, la mort est appelée « la Camarde ».
11. Géant de la mythologie grecque : il re-

trouvait toutes ses forces chaque fois qu'il touchait la terre. Hercule avait eu le plus grand mal à le vaincre.
12. Race africaine célèbre par sa petite taille.

3. Dans ces circonstances dramatiques, Gavroche ne perd pas son humour. Citez-en quelques manifestations.

4. « *Il rampait... ouvre une noix* » (p. 79). Pourquoi les verbes sont-ils si nombreux dans cette phrase ? Entraînez-vous à la lire avec le rythme qui convient.

5. Montrez la progression dramatique. Citez les expressions qui attestent que le tir en direction de Gavroche est de plus en plus précis.

6. Pourquoi Gavroche se met-il à chanter ? Quel est alors son sentiment (citez, dans le texte, ce qui est dit de son attitude) ?

7. C'est à la fois un jeu et un drame qui se joue. La classe se répartira en deux groupes. L'un relèvera toutes les expressions qui ont trait au jeu ; l'autre, les notations de caractère dramatique.

8. Employez toutes les expressions qui ont trait au jeu (voir la question précédente) dans une petite description montrant des enfants en récréation (soulignez les expressions empruntées à Victor Hugo).

9. Quelles sont les réactions des gardes nationaux, tandis qu'ils tirent sur Gavroche ? Comment les expliquez-vous ? Qu'en pensez-vous ?

10. A quoi Victor Hugo compare-t-il Gavroche dans cette page ? Relevez ces différentes expressions, expliquez ces rapprochements et montrez par quels mots la comparaison est introduite.

11. Dans ses dessins, Victor Hugo aimait beaucoup les contrastes : des couleurs sombres voisinaient avec des touches très claires. Dans cette page, on trouve aussi des expressions qui associent des mots apparemment contradictoires (on appelle ce procédé *l'antithèse*). Notez-en quelques exemples et expliquez-les.

12. Quelle est la phrase, dans la chanson de Gavroche, qui exprime le mieux son caractère ?

Exprimons-nous

1. Inventez de nouveaux couplets à la chanson de Gavroche.

2. Cherchez une musique qui exprime bien l'atmosphère de cette scène. Faites fonctionner l'électrophone (ou le magnétophone) en sourdine et, sur ce fond musical, lisez le chapitre de façon expressive.

3. Si vous deviez exprimer cette scène sous forme de bande dessinée, quelles sont les différentes images que vous choisiriez ?

4. Comment un journal révolutionnaire décrirait-il la fin de Gavroche ? Rédigez l'article.

5. Comment, au contraire, un journal fidèle au gouvernement présenterait-il le même événement ?

6. Composez l'éloge funèbre de Gavroche, c'est-à-dire le discours qu'on prononce devant la tombe d'une personne qui vient de mourir, au cours de son enterrement.

Débat

Auriez-vous aimé avoir Gavroche pour ami ? Pourquoi ?

Dessin de Victor Hugo.

COMMENT DE FRÈRE ON DEVIENT PÈRE

Après la disparition de Gavroche, « l'agonie de la barricade » n'est plus qu'une question d'heures. La forteresse-souricière est prise d'assaut. Les rares insurgés encore vivants finissent par se battre « à un contre soixante », « à coups de pistolet, de sabre, de poing » (V, 1, 21). Ils succombent finalement sous le nombre... Quelques heures plus tôt, au moment même où Gavroche était tué, se déroulait une petite scène qui aurait réjoui le cœur du gamin.

Il y avait en ce moment-là même dans le jardin du Luxembourg, — car le regard du drame doit être présent partout, — deux enfants qui se tenaient par la main. L'un pouvait avoir sept ans, l'autre cinq. La pluie les ayant
5 mouillés, ils marchaient dans les allées du côté du soleil ; l'aîné conduisait le petit ; ils étaient en haillons et pâles ; ils avaient un air d'oiseaux fauves[1]. Le plus petit disait : J'ai bien faim.
L'aîné, déjà un peu protecteur[2], conduisait son frère de
10 la main gauche et avait une baguette dans sa main droite.
Ils étaient seuls dans le jardin. Le jardin était désert, les grilles étaient fermées par mesure de police[3] à cause de l'insurrection. Les troupes qui y avaient bivouaqué en étaient sorties pour les besoins du combat. [...]
15 Ces deux enfants étaient ceux-là mêmes dont Gavroche avait été en peine et que le lecteur se rappelle. [...]
Il fallait le trouble d'un tel jour pour que ces petits

---

1. D'oiseaux sauvages, en liberté.
2. On voit bien par sa seule attitude qu'il se sent responsable de son cadet, qu'il veille sur lui (peut-être de façon trop voyante).
3. La police avait pris cette mesure (cette décision) à cause des combats de rue qui se déroulaient non loin de là. (A vol d'oiseau, il y a environ un kilomètre et demi entre l'église Saint-Merri et le Luxembourg.)
4. Théoriquement, ils devraient surveiller le jardin comme s'il était ouvert au public, mais ils sont préoccupés de la façon dont tournera l'émeute (à l'extérieur du jardin).

misérables fussent dans ce jardin. Si les surveillants les
eussent aperçus, ils eussent chassé ces haillons. Les petits
20 pauvres n'entrent pas dans les jardins publics ; pourtant
on devrait songer que, comme enfants, ils ont droit aux
fleurs.

Ceux-ci étaient-là, grâce aux grilles fermées. Ils étaient
en contravention. Ils s'étaient glissés dans le jardin, et ils y
25 étaient restés. Les grilles fermées ne donnent pas congé
aux inspecteurs, la surveillance est censée continuer, mais
elle s'amollit et se repose ; et les inspecteurs, émus eux
aussi par l'anxiété publique et plus occupés du dehors que
du dedans[4], ne regardaient plus le jardin, et n'avaient pas
30 vu les deux délinquants.

Il avait plu la veille, et même un peu le matin. Mais en
juin les ondées ne comptent pas. C'est à peine si l'on
s'aperçoit, une heure après un orage, que cette belle journée blonde a pleuré. La terre en été est aussi vite sèche que
35 la joue d'un enfant. [...]

Le 6 juin 1832, vers onze heures du matin, le Luxembourg, solitaire et dépeuplé, était charmant. Les quinconces[5] et les parterres s'envoyaient dans la lumière des
baumes et des éblouissements. Les branches, folles à la
40 clarté de midi, semblaient chercher à s'embrasser. Il y
avait dans les sycomores[6] un tintamarre de fauvettes, les
passereaux triomphaient, les pique-bois[7] grimpaient le
long des marronniers en donnant de petits coups de bec
dans les trous de l'écorce. Les plates-bandes acceptaient
45 la royauté légitime des lys ; le plus auguste des parfums[8],
c'est celui qui sort de la blancheur. On respirait l'odeur
poivrée des œillets. [...] Le soleil dorait, empourprait[9] et

---

5. Plantations d'arbres en quinconce : quatre
aux quatre angles d'un carré et le cinquième
au milieu (comme le 5 au jeu de dés).
6. Grands arbres ressemblant aux platanes.
7. Ou piverts.
8. Dans les plates-bandes, les lys étaient visiblement les plus beaux, comme des rois au
milieu de leur cour. (Un roi légitime est reconnu de tous. L'adjectif *auguste* signifie ma-
jestueux.)
9. Donnait une couleur pourpre (rouge
foncé).

allumait les tulipes, qui ne sont autre chose que toutes les variétés de la flamme, faites fleurs. Tout autour des bancs
50 de tulipes tourbillonnaient les abeilles, étincelles de ces fleurs flammes. Tout était grâce et gaieté, même la pluie prochaine ; cette récidive[10], dont les muguets et les chèvrefeuilles devaient profiter, n'avait rien d'inquiétant ; les hirondelles faisaient la charmante menace de voler bas[11].
55 Qui était là aspirait du bonheur ; la vie sentait bon ; toute cette nature exhalait la candeur[12], le secours, l'assistance, la paternité, la caresse, l'aurore. Les pensées qui tombaient du ciel étaient douces comme une petite main d'enfant qu'on baise.
60 Les statues sous les arbres, nues et blanches, avaient des robes d'ombre trouées de lumière ; ces déesses étaient toutes déguenillées de soleil ; il leur pendait des rayons de tous les côtés. Autour du grand bassin, la terre était déjà séchée au point d'être brûlée. Il faisait assez de vent pour
65 soulever çà et là de petites émeutes de poussière. Quelques feuilles jaunes, restées du dernier automne, se poursuivaient joyeusement, et semblaient gaminer[13]. [...]
Les deux petits abandonnés étaient parvenus près du grand bassin, et, un peu troublés par toute cette lumière,
70 ils tâchaient de se cacher, instinct du pauvre et du faible devant la magnificence[14], même impersonnelle ; et ils se tenaient derrière la baraque des cygnes.
Çà et là, par intervalles, quand le vent donnait, on entendait confusément des cris, une rumeur, des espèces
75 de râles[15] tumultueux qui étaient des fusillades, et des frappements sourds qui étaient des coups de canon. Il y

---

10. On qualifie ainsi le renouvellement d'une action. On emploie le plus souvent cette expression pour un délit. Au tribunal, un récidiviste est un délinquant qui a déjà été condamné.
11. Quand les hirondelles volent bas, c'est signe qu'il va pleuvoir. Elles rasent alors le sol à la poursuite des moucherons que l'humidité ambiante alourdit. C'est une menace charmante, car la pluie n'aura rien de désagréable — du moins pour la nature !
12. Innocence, pureté.
13. Jouer comme des enfants, des gamins.
14. Caractère de ce qui est magnifique. Ici, ce n'est pas la magnificence d'une personne,

avait de la fumée au-dessus des toits du côté des Halles. Une cloche, qui avait l'air d'appeler, sonnait au loin.

Ces enfants ne semblaient pas percevoir ces bruits. Le
80 petit répétait de temps en temps à demi-voix : J'ai faim.

Presque au même instant que les deux enfants, un autre couple s'approchait du grand bassin. C'était un bonhomme de cinquante ans qui menait par la main un bonhomme de six ans. Sans doute le père avec son fils. Le
85 bonhomme de six ans tenait une grosse brioche. [...]

Ce bourgeois paraissait avoir pour les cygnes une admiration spéciale. Il leur ressemblait en ce sens qu'il marchait comme eux.

Pour l'instant les cygnes nageaient, ce qui est leur talent
90 principal, et ils étaient superbes.

Si les deux petits pauvres eussent écouté, et eussent été d'âge à comprendre, ils eussent pu recueillir les paroles d'un homme grave. Le père disait au fils :

- Le sage vit content de peu. Regarde-moi, mon fils. Je
95 n'aime pas le faste[16]. Jamais on ne me voit avec des habits chamarrés d'or et de pierreries ; je laisse ce faux éclat aux âmes mal organisées[17].

Ici les cris profonds qui venaient du côté des Halles éclatèrent avec un redoublement de cloche et de rumeur.
100 - Qu'est-ce que c'est que cela ? demanda l'enfant.

Le père répondit :

- Ce sont des saturnales[18].

Tout à coup, il aperçut les deux petits déguenillés, immobiles derrière la maisonnette verte des cygnes.
105 - Voilà le commencement, dit-il.

---

mais celle de la nature. Néanmoins, cela leur fait un peu peur : c'est « trop beau pour eux » — et, de fait, en temps ordinaire, ils n'auraient pas été admis dans ce jardin.
15. Cris d'agonie.
16. Luxe (l'adjectif correspondant est : *fastueux).*

17. Je laisse cette apparence de grandeur (faux éclat) aux personnes qui ne savent pas réfléchir et choisir ce qui est vraiment important dans la vie.
18. Fêtes romaines en l'honneur du dieu Saturne, au cours desquelles tout était permis, ce qui donnait lieu à beaucoup d'excès.

Et après un silence il ajouta :

- L'anarchie[19] entre dans ce jardin.

Cependant le fils mordit la brioche, la recracha, et brusquement se mit à pleurer.

110 - Pourquoi pleures-tu ? demanda le père.

- Je n'ai plus faim, dit l'enfant.

Le sourire du père s'accentua.

- On n'a pas besoin de faim pour manger un gâteau.

- Mon gâteau m'ennuie. Il est rassis.

115 - Tu n'en veux plus ?

- Non.

Le père lui montra les cygnes.

- Jette-le à ces palmipèdes[20].

L'enfant hésita. On ne veut plus de son gâteau ; ce n'est
120 pas une raison pour le donner.

Le père poursuivit :

- Sois humain. Il faut avoir pitié des animaux.

Et, prenant à son fils le gâteau, il le jeta dans le bassin.

Le gâteau tomba assez près du bord.

125 Les cygnes étaient loin, au centre du bassin, et occupés
à quelque proie. Ils n'avaient vu ni le bourgeois, ni la
brioche.

Le bourgeois, sentant que le gâteau risquait de se perdre, et ému de ce naufrage inutile, se livra à une agitation
130 télégraphique[21] qui finit par attirer l'attention des cygnes.

Ils aperçurent quelque chose qui surnageait, virèrent de
bord comme des navires qu'ils sont, et se dirigèrent vers la
brioche lentement, avec la majesté béate qui convient à
des bêtes blanches.

135 - Les cygnes comprennent les signes, dit le bourgeois,
heureux d'avoir de l'esprit.

---

19. Théorie politique selon laquelle tout pouvoir de l'homme sur l'homme est haïssable. Pour un bourgeois partisan de l'ordre, tout ennemi du gouvernement est un anarchiste.

20. Les cygnes sont effectivement, comme les canards, des oiseaux palmipèdes (à pattes palmées).

En ce moment le tumulte lointain de la ville eut encore un grossissement subit. Cette fois, ce fut sinistre. Il y a des bouffées de vent qui parlent plus distinctement que d'au-
140 tres. Celle qui soufflait en cet instant-là apporta nettement des roulements de tambour, des clameurs, des feux de peloton, et les répliques lugubres du tocsin[22] et du canon. Ceci coïncida avec un nuage noir qui cacha brusquement le soleil.

145 Les cygnes n'étaient pas encore arrivés à la brioche.

- Rentrons, dit le père, on attaque les Tuileries[23]. [...]

- Je voudrais voir les cygnes manger la brioche, dit l'enfant.

Le père répondit :

150 - Ce serait une imprudence.

Et il emmena son petit bourgeois.

Le fils, regrettant les cygnes, tourna la tête vers le bassin jusqu'à ce qu'un coude des quinconces le lui eût caché.

155 Cependant, en même temps que les cygnes, les deux petits errants s'étaient approchés de la brioche. Elle flottait sur l'eau. Le plus petit regardait le gâteau, le plus grand regardait le bourgeois qui s'en allait.

Le père et le fils entrèrent dans le labyrinthe d'allées qui
160 mène au grand escalier du massif d'arbres du côté de la rue Madame.

Dès qu'ils ne furent plus en vue, l'aîné se coucha vivement à plat ventre sur le rebord arrondi du bassin, et, s'y cramponnant de la main gauche, penché sur l'eau, presque
165 prêt à y tomber, étendit avec sa main droite sa baguette vers le gâteau. Les cygnes, voyant l'ennemi, se hâtèrent, et en se hâtant firent un effet de poitrail utile au petit

---

21. Au départ, le télégraphe utilisait des sortes de bras mobiles en bois dont les positions correspondaient aux différents signes à transmettre.

22. Sonnerie de cloche qui annonce une catastrophe (incendie, guerre, etc.).

23. C'était la résidence du roi.

pêcheur ; l'eau devant les cygnes reflua, et l'une de ces molles ondulations concentriques poussa doucement la
170 brioche vers la baguette de l'enfant. Comme les cygnes arrivaient, la baguette toucha le gâteau. L'enfant donna un coup vif, ramena la brioche, effraya les cygnes, saisit le gâteau, et se redressa. Le gâteau était mouillé ; mais ils avaient faim et soif. L'aîné fit deux parts de la brioche, une
175 grosse et une petite, prit la petite pour lui, donna la grosse à son petit frère, et lui dit :

– *Colle-toi ça dans le fusil.*

V, 1, 16

Comprenons le texte

1. Expliquez le titre donné par Victor Hugo à ce chapitre. A la fin du texte, l'aîné des deux enfants prononce une phrase qui a déjà été dite dans le roman. Par quel personnage ? En quel passage ? Comprenez-vous pourquoi nous avons placé ce texte dans des extraits consacrés à Gavroche ?

2. Le jardin du Luxembourg mérite-t-il vraiment le titre de jardin public ? Citez un passage à l'appui de votre réponse.

3. Pourquoi Victor Hugo nous fait-il une si longue description de la beauté de la nature ? Tout ce qu'on *voit* est magnifique, mais on *entend* vaguement qu'à quelques centaines de mètres de là, des hommes sont occupés à tuer d'autres hommes. Avait-on déjà rencontré pareil procédé de style dans les pages précédentes ?

4. Quelles sont les différentes images et comparaisons par lesquelles Victor Hugo célèbre la beauté et la paix de la nature dans ce parc ?

5. Sur deux colonnes parallèles, montrez tout ce qui oppose les deux couples qui se rencontrent dans le jardin.

6. Cherchez quelques adjectifs très précis pour qualifier le caractère, la façon de parler et le comportement du bourgeois.

7. Même question en ce qui concerne son fils. Aimeriez-vous l'avoir pour ami ? Pourquoi ?

8. Que pensez-vous de la phrase : « Sois humain. Il faut avoir pitié des animaux » (p. 88) ? Dans quelle mesure est-elle vraie, dans quelle mesure est-elle absurde ?

9. Faites un petit répertoire des phrases du bourgeois pour montrer : son égoïsme, sa bêtise, son caractère peureux.

10. Qu'est-ce qui, finalement, permet aux petits mendiants de « récupérer » le gâteau ?

11. N'y a-t-il pas une certaine ressemblance entre les cygnes et les deux bourgeois ? Laquelle ?

12. Cherchez, dans un dictionnaire, le sens du mot « épilogue ». Montrez que c'est bien le caractère de ce chapitre. N'est-ce pas aussi l'histoire de Gavroche qui recommence ? Reportez-vous au premier extrait (p. 16) et cherchez-y les phrases, dites à propos de Gavroche, qui pourraient s'appliquer maintenant à ses frères.

Exprimons-nous

1. Plusieurs mois ont passé. Les deux frères de Gavroche ont eu le temps de devenir tout à fait semblables à leur aîné. Ils rencontrent à nouveau le bourgeois et son fils. Pour une raison ou pour une autre, ils sont à nouveau seuls avec eux dans le jardin. Le petit bourgeois ne veut plus de son gâteau et se prépare à le jeter aux cygnes. Comment réagissent les deux petits pauvres ? Que disent-ils ?

2. Imaginez la suite de l'aventure des deux petits frères de Gavroche. Que sont-ils devenus à douze, à quinze, à vingt, à quarante ans ?

3. Imaginez d'autres épisodes de la vie du « petit bourgeois trop gâté ».

4. Demandez à votre professeur de vous lire l'article de Gilbert Cesbron : « *Une caisse et quatre boîtes* », dans son recueil, *Une sentinelle attend l'aurore* (Robert Laffont). Quelle ressemblance voyez-vous entre la scène évoquée par Gilbert Cesbron et celle qu'imagine Hugo ?

5. Recherchez de la documentation (dans les livres, journaux, etc., dont vous pouvez disposer) sur la situation des enfants dans le Tiers Monde et le Quart Monde (bidonvilles et taudis en Europe même). Faites-en un dossier documentaire, un exposé ou une exposition.

Débat

(Après les travaux de documentation proposés ci-dessus). Qu'y a-t-il de commun entre la façon de vivre de Gavroche et de ses frères et celle des enfants du Tiers Monde ?

SECONDE PARTIE

LES ENFANTS DANS LA VILLE

Vous l'avez remarqué : au moment de quitter la boutique du boulanger, le petit Gavroche ne dit pas à ses frères : « *Sortons* », mais : « *Rentrons* » ; cela signifie que le gamin de Paris ne se sent vraiment *chez lui* que *dans la rue*.

De fait, même pour les enfants qui ne sont pas aussi abandonnés que les petits Thénardier, la rue est un spectacle passionnant — un spectacle dans lequel ils peuvent parfois jouer un rôle d'ailleurs !

ARTHUR RIMBAUD

LES EFFARÉS [1]

*Les petits gavroches — ceux de 1832 comme ceux d'aujourd'hui
— sont souvent libres et joyeux, mais, plus souvent encore, ce
sont des vagabonds affamés et misérables. Dans ce poème
qu'Arthur Rimbaud (1854-1891) écrivit à seize ans, sont évo-
quées avec tendresse leurs petites joies et leurs peines d'enfants.*

Noirs dans la neige et dans la brume,
Au grand soupirail [2] qui s'allume,
Leurs dos en rond,

A genoux, cinq petits — misère ! —
5   Regardent le boulanger faire
Le lourd pain blond.

Ils voient le fort bras blanc qui tourne
La pâte grise et qui l'enfourne
Dans un trou clair.

10   Ils écoutent le bon pain cuire.
Le boulanger au gras sourire
Grogne un vieil air.

Ils sont blottis, pas un ne bouge,
Au souffle du soupirail rouge
15   Chaud comme un sein.

---

1. *Effaré* signifie à la fois étonné, inquiet et
« sauvage » au sens de timide, qui s'enfuit
dès qu'on le remarque. Le mot vient du latin
fera : la bête sauvage.
2. Fenêtre au ras du sol (pour éclairer une
cave, un sous-sol).
3. Repas que l'on fait au milieu de la nuit (par
exemple, au retour d'un spectacle). Le mot
vient de l'espagnol *media* (milieu) et *noche*
(nuit).
4. On emploie *que* à la place de *quand,* lorsque ce dernier mot a déjà été employé dans la
phrase.

Quand, pour quelque médianoche[3],
Façonné comme une brioche
    On sort le pain,

Quand, sous les poutres enfumées,
20   Chantent les croûtes parfumées
    Et les grillons,

Que[4] ce trou chaud souffle la vie,
Ils ont leur âme si ravie
    Sous leurs haillons,

25.   Ils se ressentent si bien vivre,
Les pauvres Jésus[5] pleins de givre,
    Qu'ils sont là tous,

Collant leurs petits museaux roses
Au treillage[6], grognant des choses
30   Entre les trous,

Tout bêtes, faisant leurs prières
Et repliés vers ces lumières
    Du ciel rouvert[7],

Si fort, qu'ils crèvent leur culotte,
35   Et que leur chemise tremblote
    Au vent d'hiver.

Comprenons le texte

1. Faites un schéma montrant « en coupe » où se trouvent les petits « effarés », le soupirail, le boulanger, son four.

2. Coloriez le schéma précédent (en fonction des indications que nous donne le poète). Pourquoi faut-il distinguer deux zones de couleur et de lumière très différentes ? Cherchez dans le texte des mots qui le prouvent et écrivez-les sur votre schéma colorié.

---

5. Terme d'affection : enfant mignon (comme l'enfant Jésus des tableaux qu'on peut voir dans les églises). Selon la Bible, Jésus serait, du reste, né dans une extrême pauvreté.

6. Grillage.
7. La nuit, ce soupirail plein de lumière donne l'impression que le jour est revenu, que le ciel s'est rouvert (après s'être fermé, comme un volet, pour la nuit).

3. Comment traduiriez-vous cette scène au cinéma ? Décrivez avec précision les cinq ou six plans qui constitueraient cette séquence.

4. A quel(s) passage(s) de *Gavroche* vous fait songer cette scène ? Pourquoi ? Relisez ce(s) passage(s) à l'appui de votre réponse.

5. Le personnage du boulanger. Notez tout ce qu'on dit de lui, de l'endroit où il travaille, de son pain. Relevez tous les adjectifs : qu'ont-ils (presque tous) en commun ?

6. Que dit-on des enfants ? Travaillez de la même façon que pour la question précédente.

7. Que veut dire le poète par « misère » au vers 4 ? Remplacez cette interjection par une phrase complète.

8. Expliquez le titre du poème. Proposez deux autres titres.

Exprimons-nous

1. La preuve qu'on a bien expliqué un poème, c'est qu'on est capable de bien le *dire*. Plusieurs élèves liront le poème au magnétophone. On repassera l'enregistrement en le soumettant à la critique de la classe (et du lecteur lui-même) : « Ici, j'aurais dû lire comme ça... A ta place, j'aurais prononcé... », etc.

2. Le boulanger remarque la présence des enfants. Imaginez ce qu'il fait et dit, ainsi que la réaction des enfants. (Plusieurs équipes d'élèves pourront préparer ce sketch, puis le jouer à la classe. On comparera les différentes réalisations.)

3. La boulangère assiste à la scène.
- Première possibilité : elle a le même caractère que la « dame » de la page 43. Elle écrit à un journal pour se plaindre de ce « scandale »...
- Seconde possibilité : elle a un caractère différent. Elle écrit aussi au journal (mais pour de tout autres raisons !). Comparez les deux séries de lettres ainsi obtenues.

4. Le boulanger a un fils (du même âge que les « effarés »). Il s'ennuie d'être toujours seul et essaye de devenir l'ami de ces « petits pauvres ». Racontez.

5. Imaginez les « choses » que « grognent » les « effarés » entre les trous du treillage (rédigez, puis lisez votre dialogue à la classe, en essayant de trouver le ton qui convient).

6. Transposez la scène dans d'autres circonstances, en gardant « l'argument » (des enfants très pauvres devant un spectacle qui, pour eux, symbolise l'abondance).

JACQUES PRÉVERT

UN PETIT MENDIANT

Jacques Prévert (1900-1977) est le poète français actuellement le plus aimé par les jeunes. C'est justice : dans ses textes — dont beaucoup ont été mis en chansons — il allie (un peu comme Gavroche !) la tendresse, la drôlerie et l'émotion.

Un petit mendiant
demande la charité aux oiseaux

Oh
ne me laissez pas la main pleine
5 je resterai là jusqu'à la nuit s'il le faut

Et il y a dans son regard une lueur de détresse

Cette lueur
un oiseau la surprend

Tout à l'heure
10 par pure délicatesse et sans avoir grand faim il s'en
    ira à petits pas prudents manger dans la main
    de l'enfant le pain offert si simplement

Et la joie allumera tous ses feux dans les yeux du
    petit mendiant.

Grand bal du printemps, Gallimard.

Comprenons le texte

1. Ce n'est pas un petit mendiant « comme les autres » que décrit ici Jacques Prévert. Qu'a-t-il de si « particulier » ?

2. Que mendie-t-il ? Pourquoi est-il si désolé d'avoir les mains pleines ?

3. D'après vos réponses à la question précédente, cherchez un autre titre à ce poème.

4. Quels sont les sentiments du petit mendiant au début du poème ? Cherchez avec quelle intonation et quel rythme vous devez lire les vers 3 à 5.

5. Même question sur la fin du poème (« Cette lueur... »).

6. Quelle « morale » donneriez-vous à ce poème ?

Exprimons-nous

1. Un enfant dit : « Ne me laissez pas la main pleine ! » Sur ce thème, imaginez une sorte de petite fable (en prose).

2. L'oiseau (v. 7-8) raconte à un de ses « collègues » sa rencontre avec le petit mendiant. L'autre oiseau n'a pas du tout le même caractère et critique son comportement. Imaginez leur dialogue.

3. A l'intérieur des jardins publics, les oiseaux de nos villes rencontrent beaucoup de « mendiants aux mains pleines » : des personnes âgées, notamment, qui trouvent plaisir à les nourrir — bien que, par endroits, ce soit formellement interdit. Imaginons que l'une d'elles risque une amende pour avoir ainsi « demandé la charité aux oiseaux ». Vous allez plaider sa cause auprès du commissaire de police. Imaginez votre discours.

4. Un poème est une œuvre qui a besoin de s'entourer de beauté. Illustrez ce poème de dessins ou de photographies découpées.

5. Demandez à votre professeur de vous montrer un *calligramme* du poète Apollinaire. Recopiez le texte de Prévert sous cette forme.

SEMPÉ — GOSCINNY

ON A FAIT LE MARCHÉ AVEC PAPA

Trouvant que sa femme dépensait trop d'argent pour la nourri-ture, le père du petit Nicolas a décidé, un dimanche matin, de faire les courses lui-même. Il est convaincu qu'il arrivera ainsi à faire des économies.

J'ai demandé à Papa si je pouvais l'accompagner et Papa a dit que oui, que c'étaient les hommes qui faisaient le marché au-jourd'hui. Moi j'étais drôlement content, parce que j'aime bien sortir avec mon Papa, et le marché, c'est chouette. Il y a du
5 monde et ça crie partout, c'est comme une grande récré qui sentirait bon. Papa m'a dit de prendre le filet à provisions et Maman nous a dit au revoir en rigolant.

- Tu peux rire, a dit Papa, tu riras moins quand nous serons revenus avec des bonnes choses que nous aurons payées à des
10 prix abordables[1]. C'est que nous, les hommes, on ne se laisse pas rouler. Pas vrai, Nicolas ?

- Ouais, j'ai dit.

Maman a continué à rigoler et elle a dit qu'elle allait faire chauffer l'eau pour cuire les langoustes[2] que nous allions lui
15 rapporter, et nous sommes allés chercher la voiture dans notre garage.

Dans l'auto, j'ai demandé à Papa si c'était vrai que nous allions ramener des langoustes.

- Et pourquoi pas ? a dit Papa.

20 Là où nous avons eu du mal, c'est pour trouver où garer. Il y avait un tas de monde qui allait au marché. Heureusement, Papa a vu une place libre — il a l'œil[3], mon Papa — et il a garé.

---

1. Raisonnables (on peut *aborder* ces cho-ses, les toucher, les acheter, sans « faire de folies »).
2. C'est l'un des plats les plus coûteux.

3. Il remarque vite les choses. Vous vous demanderez, à la fin du texte, si le coup d'œil du père est aussi infaillible que le croit Nico-las !

- Bien, a dit Papa, nous allons prouver à ta mère que c'est facile comme tout de faire le marché, et nous allons lui apprendre
25 à faire des économies. Pas vrai, bonhomme ?

Et puis, Papa s'est approché d'une marchande qui vendait des tas de légumes, il a regardé et il a dit que les tomates, ce n'était pas cher.

- Donnez-moi un kilo de tomates, il a demandé, Papa.
30 La marchande a mis cinq tomates dans le filet à provisions et elle a dit :

- Et avec ça, qu'est-ce que je vous mets ?

Papa a regardé dans le filet, et puis il a dit :

- Comment ? Il n'y a que cinq tomates dans un kilo ?
35 - Et qu'est-ce que vous croyez, a demandé la dame, que pour le prix vous aurez une plantation ? Les maris, quand ça vient faire le marché, c'est tous du pareil au même[4].

- Les maris, on se laisse moins rouler que nos femmes, voilà tout ! a dit Papa.
40 - Répétez ça un peu, si vous êtes un homme ? a demandé la marchande, qui ressemblait à M. Pancrace[5], le charcutier de notre quartier.

Papa a dit : « Bon, ça va, ça va » ; il m'a laissé porter le filet et nous sommes partis, pendant que la marchande parlait de Papa à
45 d'autres marchandes.

Et puis, j'ai vu un marchand avec plein de poissons sur sa table et des grosses langoustes :

- Regarde, Papa ! Des langoustes ! j'ai crié.

- Parfait, a dit Papa, allons voir ça.
50 Papa, il s'est approché du marchand, et il a demandé si les langoustes étaient fraîches. Le marchand lui a expliqué qu'elles étaient spéciales. Quant à être fraîches, il pensait que oui, puisqu'elles étaient vivantes, et il a rigolé.

- Oui, bon, a dit Papa, à combien la grosse, là, qui remue les
55 pattes ?

Le marchand lui a dit le prix et Papa a ouvert des yeux gros comme tout.

- Et l'autre, là, la plus petite ? a demandé Papa. Le marchand

---

4. Ils agissent tous de la même façon.
5. Remarquable par sa taille impressionnante.

6. Les crevettes coûtent à peu près 5 fois
moins cher que la langouste.
7. Au sens de « magnifiques », évidemment.

lui a dit le prix de nouveau et Papa a dit que c'était incroyable et
60 que c'était une honte.

- Dites, a demandé le marchand, c'est des langoustes ou des
crevettes[6] que vous voulez acheter ? Parce que ce n'est pas du
tout le même prix. Votre femme aurait dû vous prévenir.

- Viens, Nicolas, a dit Papa, nous allons chercher autre chose.
65 Mais moi, j'ai dit à Papa que ce n'était pas la peine d'aller
ailleurs, que ces langoustes me paraissaient terribles[7], avec leurs
pattes qui remuaient, et que la langouste c'est drôlement bon.

- Ne discute pas et viens, Nicolas, m'a dit Papa. Nous
n'achèterons pas de langouste, voilà tout.

70 - Mais, Papa, j'ai dit, Maman fait chauffer de l'eau pour les
langoustes, il faut en acheter.

- Nicolas, m'a dit Papa, si tu continues, tu iras m'attendre
dans la voiture !

Alors, là, je me suis mis à pleurer ; c'est vrai, quoi, c'est pas
75 juste.

- Bravo, a dit le marchand, non seulement vous êtes radin et
vous affamez votre famille, mais en plus, vous martyrisez ce
pauvre gosse.

- Mêlez-vous de ce qui vous regarde, a crié Papa, et d'abord,
80 on ne traite pas les gens de radins quand on est un voleur !

- Un voleur, moi ? a crié le marchand, vous voulez une baffe ?
Et il a pris une sole[8] dans la main.

- Ça c'est bien vrai, a dit une dame ; le merlan que vous
m'avez vendu avant-hier n'était pas frais. Même le chat n'en a
85 pas voulu.

- Pas frais, mon merlan ? a crié le marchand.
Alors, il y a tout plein de gens qui sont venus et nous sommes
partis pendant que tous se mettaient à discuter et que le marchand faisait des gestes avec sa sole.

90 - Nous rentrons, a dit Papa, qui avait l'air nerveux et fatigué ;
il se fait très tard.

- Mais, Papa, j'ai dit, nous n'avons que cinq tomates. Moi, je
crois qu'une langouste...

Mais Papa ne m'a pas laissé finir, il m'a tiré par la main, et

---

Cet emploi du mot *terrible* nous vient probablement de l'argot américain où *terrific* est
employé depuis longtemps en ce sens.

(*What a terrific guy* : quel type formidable !)
8. Un poisson plat dont il pourrait se servir
comme arme.

95 comme ça m'a surpris, j'ai lâché le filet à provisions, qui est tombé par terre. C'était gagné. Surtout qu'une grosse dame qui était derrière nous a marché sur les tomates, ça a fait « cruish », et elle nous a dit de faire attention. Quand j'ai ramassé le filet à provisions, ce qu'il y avait dedans, ça ne donnait pas faim.

100   - Il faudra qu'on retourne acheter d'autres tomates, j'ai dit à Papa. Pour ces cinq-là, c'est fichu.

Mais Papa n'a rien voulu entendre et nous sommes arrivés à la voiture.

Là, Papa n'a pas été content à cause de la contravention[9].

105   - Décidément, c'est le jour ! il a dit.

Et puis, nous nous sommes mis dans l'auto et Papa a démarré.

   - Mais fais attention où tu mets ton filet, a crié Papa. J'ai plein de tomates écrasées sur mon pantalon ! Regarde un peu ce que tu fais !

110 Et c'est là que nous avons accroché le camion. A force de faire le guignol, ça devait arriver !

Quand nous sommes sortis du garage où on avait emmené l'auto — c'est pas grave, elle sera prête après-demain — Papa avait l'air fâché. C'est peut-être à cause des choses que lui avait

115 dites le camionneur, un gros.

A la maison, quand Maman a vu le filet à provisions, elle allait commencer à dire quelque chose, mais Papa s'est mis à crier qu'il ne voulait pas de commentaires[10]. Comme il n'y avait rien à manger dans la maison, Papa nous a emmenés en taxi au restau-

120 rant. C'était très chouette. Papa n'a pas beaucoup mangé, mais Maman et moi on a pris de la langouste mayonnaise, comme pour le repas de communion de mon cousin Euloge. Maman a dit que Papa avait raison, que les économies, ça avait du bon.

J'espère que dimanche prochain, nous retournerons faire le

125 marché avec Papa !

Joachim a des ennuis, Denoël.

---

9. A un registre de langage soigné, il faudrait dire : *l'amende.* La *contravention* désigne l'action condamnable (ici le fait de stationner à un endroit interdit). L'origine du mot vous le fera facilement comprendre : commettre une contravention, c'est aller *(venir) contre* la loi.
10. Remarques.

Comprenons le texte

1. Relevez dans le texte une dizaine d'expressions qui vous paraissent des maladresses (le petit Nicolas s'exprime comme un petit garçon). Transposez-les dans un registre plus correct.

2. Pourquoi est-il précisé à deux reprises que la maman du petit Nicolas « rigole » (sic) en voyant partir ses deux « hommes » ?

3. Sur trois exemples au moins, montrez que Nicolas a une grande admiration pour son père.

4. Le petit Nicolas ne comprend pas toujours la situation, et c'est sa naïveté qui rend le texte si amusant. Notez trois exemples de cette naïveté.

5. Cherchez une expression ou un adjectif précis pour qualifier l'attitude du père au début de la scène. *Mimez* cette attitude. Garde-t-il cette même attitude jusqu'à la fin ? Quelles sont les différentes étapes de ce changement ?

6. Qu'est-ce que le père du petit Nicolas voulait démontrer à sa femme ? Y est-il arrivé ? Dressez la liste de toutes les dépenses auxquelles l'a conduit son désir de faire des économies. Évaluez la somme.

Exprimons-nous

1. Jouez ce chapitre à l'aide de *marionnettes.*
Si aucun élève n'en possède et si vous n'avez pas la possibilité d'en acheter chez un marchand de jouets ou d'en fabriquer avec l'aide de votre professeur de Travaux Manuels, vous pourrez vous contenter de dessiner le visage et le buste des personnages, *de face,* sur du carton d'emballage[1]. Vous découperez ensuite le pourtour du dessin. Les éléments du décor seront figurés de la même façon.
Il vous faut, pour jouer ces scènes :
- repérer les différents « tableaux » (les fragments de l'histoire qui se jouent dans le même décor) ;
- définir le caractère de chaque personnage (il faut que sa caricature soit expressive et le fasse reconnaître au premier coup d'œil) ;

---

1. Chaque personnage mesurera environ 30 cm de haut. Prévoir un « manche », en dessous, pour le manier plus facilement.

- répartir les paroles que prononce chacun ; précisez le ton sur lequel il parle, les mouvements qu'il doit faire sur la scène (une couverture tendue ou la chaire du professeur pourront servir de théâtre).

2. Vous pouvez également jouer la scène en « *ombres chinoises* ». Les personnages seront réalisés en carton, mais *de profil* et tenus à quelques centimètres d'un drap tendu, éclairé par un projecteur à diapositives... On peut également éclairer le mur ou l'écran avec le même projecteur et placer les personnages assez loin devant le projecteur ; — dans ce cas, ils devront être beaucoup plus petits (la taille d'une main environ).

3. Imaginez et jouez (avec la technique de votre choix) d'autres saynètes mettant en présence le père du petit Nicolas et le reste de la famille :
- On fait le ménage avec Papa,
- On fait la cuisine avec Papa,
- On va acheter des vêtements avec Papa, etc.

4. Sur l'air d'une chanson bien connue de vous tous, imaginez des paroles qui célèbrent les « exploits » du père.

Si ce texte vous a plu, vous lirez avec plaisir d'autres aventures du petit Nicolas :
- *Le petit Nicolas*
- *Les récrés du petit Nicolas*
- *Les vacances du petit Nicolas*
- *Le petit Nicolas et les copains*

par Sempé et Goscinny, Denoël.

VICTOR HUGO

LE GAMIN-GRENOUILLE

L'été, raconte Victor Hugo, le gamin de Paris « se métamorphose[1] en grenouille ; et le soir, à la nuit tombante, devant les
ponts d'Austerlitz et d'Iéna[2], du haut des trains à charbon[3] et des
bateaux de blanchisseuses, il se précipite tête baissée dans la
5 Seine et dans toutes les infractions possibles aux lois de la pudeur
et de la police[4]. Cependant les sergents de ville[5] veillent, et il en
résulte une situation hautement dramatique qui a donné lieu à un
cri fraternel et mémorable ; ce cri, qui fut célèbre vers 1830, est
un avertissement stratégique[6] de gamin à gamin ; il se scande
10 comme un vers d'Homère[7] (...) : — Ohé, Titi[8], ohéée ! y a de la
grippe, y a de la cogne, prend tes zardes et va-t'en, pâsse par
l'égout[8] ! »

Les Misérables, III, I, 8.

1. Se transforme. On parle précisément de
métamorphose pour désigner la transformation du têtard en grenouille !
2. Presque aux deux extrémités de Paris : le
pont d'Iéna à l'ouest (devant le Trocadéro) et
le pont d'Austerlitz à l'est, non loin du quartier
de la Salpêtrière où logeaient les parents de
Gavroche.
3. Il ne s'agit pas de wagons de chemin de fer
mais de trains (suites) de péniches à proximité
des ponts cités. Les gamins utilisent les bateaux en guise de plongeoir.
4. Être en infraction, c'est faire une action
contraire à la loi. Les gamins sont en infraction
à l'égard de la police (il est interdit de se
baigner à cet endroit). Ils sont aussi en infraction à l'égard de la pudeur parce qu'ils sont
tout nus !

5. Agents de police.
6. Comme les grands généraux qui établissent des plans de bataille (stratégie), les gamins ont mis au point une conduite à tenir
lorsqu'ils voient apparaître les agents.
7. Comme la poésie latine, la poésie grecque
se scande, c'est-à-dire se lit sur un certain
rythme.
8. Le « titi » est une appellation du gamin de
Paris (voir p. 125). La *grippe* et la *cogne* désignent la police. Seul le dernier de ces mots est
encore utilisé en argot, aujourd'hui. Avez-
vous reconnu le mot *hardes* (vêtements en
mauvais état) dans « prends tes zardes » ?
Victor Hugo écrit le verbe *passer* avec un accent pour faire « entendre » l'accent parisien
des gamins.

JACQUES PRÉVERT

CHANSON DES ENFANTS
D'AUBERVILLIERS

Jacques Prévert, dont nous avons déjà lu un poème p. 97, imagine le même genre de baignade, aujourd'hui, à Aubervilliers, une banlieue populaire, au nord de Paris.

Gentils enfants d'Aubervilliers
Vous plongez la tête la première
Dans les eaux grasses de la misère
Où flottent les vieux morceaux de liège
5   Avec les pauvres vieux chats crevés
Mais votre jeunesse vous protège
Et vous êtes les privilégiés
D'un monde hostile[1] et sans pitié
Le triste monde d'Aubervilliers
10   Où sans cesse vos pères et mères
Ont toujours travaillé
Pour échapper à la misère
A la misère d'Aubervilliers
A la misère du monde entier
15   Gentils enfants d'Aubervilliers
Gentils enfants des prolétaires[2]
Gentils enfants de la misère
Gentils enfants du monde entier
Gentils enfants d'Aubervilliers
20   C'est les vacances et c'est l'été
Mais pour vous le bord de la mer
La côte d'azur et le grand air

---

1. Où il ne fait pas bon vivre, menaçant.   2. Ceux qui travaillent de leurs mains, les ouvriers.

C'est la poussière d'Aubervilliers
Et vous jetez sur le pavé
25   Les pauvres dés de la misère[3]
Et de l'enfance désœuvrée[4]
Et qui pourrait vous en blâmer
Gentils enfants d'Aubervilliers
Gentils enfants des prolétaires
30   Gentils enfants de la misère
Gentils enfants d'Aubervilliers.

Aubervilliers dans *Spectacles,* Gallimard.

Comprenons le texte

1. Si vous aviez à traduire ce texte en *une seule* image, que représenterait-elle ? Qu'est-ce qu'auraient de particulier :
- les personnages (allure générale, vêtements),
- le décor (à quelle époque de l'année sommes-nous, quel est le caractère de l'environnement ?) ?

2. Quels éléments communs trouve-t-on dans le texte de Victor Hugo et dans celui de Prévert ? Notez les images semblables en remarquant la différence des styles.

3. Quel sentiment Jacques Prévert éprouve-t-il à l'égard de ces enfants ? Qu'est-ce qui le prouve ?

4. Quoi qu'en dise le poète, on trouverait certainement des personnes pour blâmer les gentils enfants d'Aubervilliers. Faites parler l'une d'elles (en 3 ou 4 lignes).

5. « Plonger la tête la première dans les eaux grasses de la misère » — « Jeter sur le pavé les pauvres dés de la misère ». Ce sont des expressions de poète (très belles pour l'oreille et l'imagination).
- Comment dirait-on la même idée *en prose* (en se souciant seulement d'être aussi *précis* que possible) ?
- Imaginez deux phrases construites de la même façon pour exprimer une idée de votre choix.

---

3. Voir ci-dessous, la question 5.   4. Qui n'a rien à faire.

6. Pourquoi les enfants d'Aubervilliers sont-ils des *privilégiés :* par rapport à qui ?

7. Citez les expressions qui caractérisent le « triste monde d'Aubervilliers » où vivent les enfants.

8. Cherchez deux comparaisons pour exprimer l'opposition entre les « petits privilégiés » et le « triste monde d'Aubervilliers » : Aubervilliers est comme un (une) ... où les enfants seraient...

Exprimons-nous

Entraînez-vous à lire ce texte avec l'intonation qui corresponde le mieux au sentiment de Prévert.

Dessin de Poulbot :
« Sans c'tte chameau d'concierge, on gagnait la bataille. »

FRANCISQUE POULBOT

BATAILLE DE RUES

Grâce au Gavroche de Victor Hugo, un gamin de Paris est appelé aujourd'hui un gavroche *: le nom propre est devenu nom commun. A Montmartre — le quartier d'Olivier (v. p. 112) — un gamin est appelé un* poulbot, *grâce à un dessinateur qui portait ce nom et qui a passé sa vie à dessiner des gamins de Paris : Francisque Poulbot (1879-1946).*

Beaucoup d'artistes ont imité son style, ces dernières années. Dans tous les bureaux de tabac on trouve des cartes postales représentant des poulbots... mais souvent elles ne sont pas dessinées avec le génie de Poulbot !

Examinez le dessin de Poulbot

1. Quels points communs voyez-vous entre les « gentils enfants d'Aubervilliers » et les petits poulbots ?

2. A quel personnage des *Misérables*, cité dans ces extraits, vous fait penser « c'te chameau d'concierge » ? Citez le texte de Victor Hugo.

3. Dessinez un plan de la scène en plaçant les différents personnages et les éléments du décor. En regardant l'attitude de chaque enfant, montrez avec une flèche le mouvement qu'il va accomplir. Quelle figure représente l'ensemble de ces flèches ? Qu'est-ce que cela prouve ?

ROBERT SABATIER

LES ALLUMETTES SUÉDOISES

Olivier est un petit Parisien de dix ans. Il vivait très heureux auprès de sa mère, qu'il appelait par son prénom : Virginie. Mais elle est morte depuis quelques semaines, le laissant absolument désemparé. Un dimanche après-midi, l'enfant entre au hasard dans un cinéma qui joue le « Don Quichotte » du cinéaste allemand Pabst.

[Olivier] ne savait pas grand-chose du héros du film, ce Don Quichotte de la Manche (il croyait qu'il s'agissait de la mer), sinon qu'il était grand et maigre et toujours accompagné d'un nommé Sancho Pança, au contraire petit et gros. De là à les
5 apparenter à Doublepatte et Patachon et à Laurel et Hardy, il n'y avait pas loin.

Dès les premières images, Olivier fut subjugué[1]. Chaliapine, la basse russe, et Dorville, le comédien français, devenaient ces personnages de légende. Les aventures du Chevalier à la Triste
10 Figure[2], coiffé de son plat à barbe[3], mirent l'enfant dans un état d'exaltation inconnu de lui jusque-là. Il ne comprit pas grand-chose au déroulement de cette histoire, mais les chants, la musique le firent frissonner. Chaque image aiguisait sa sensibilité[4], le bouleversait. Par-delà l'intelligence du sujet[5], il ressentait la
15 solitude, et quand les livres de l'hidalgo[6] furent jetés au feu,

---

1. Profondément impressionné, « sous le charme ». (En latin *sub* signifie *sous,* et *jugum,* le *joug.* L'enfant est devenu un peu « l'esclave » de ses impressions.)
2. Surnom de Don Quichotte.
3. Le livre *Don Quichotte* a été écrit entre 1606 et 1615 : le héros, à force de lire les exploits des chevaliers du Moyen Age, est devenu un peu fou. Il se prend lui-même pour un chevalier. Il porte l'armure de son arrière-grand-père, mais n'a trouvé au grenier que la

partie supérieure du casque qui, du coup, ressemble à une petite cuvette.
4. A chaque image, il était de plus en plus ému.
5. Sans qu'il comprenne parfaitement le sujet.
6. Noble espagnol. Inquiets de le voir commettre toutes sortes de folies, les amis de Don Quichotte brûlent tous les romans qui ont dérangé l'esprit du pauvre homme.

l'émotion grandit en lui jusqu'aux limites de l'insoutenable. Don Quichotte chantait sa douleur et l'enfant, habité de ses propres tristesses, la vivait avec lui. Au moment où le brasier s'écroulait, il revit les grosses cordes entourant le cercueil de sa mère, et,
20 quand la lumière se fit, il resta longtemps face à l'écran vide comme si Don Quichotte n'avait pu le quitter.

Il quitta le *Marcadet-Palace* bouleversé. Dans les rues, il marchait les yeux mi-clos pour ne pas voir les passants, mais garder en lui cet incendie de livres jetant ses flammes dans le
25 regard du héros trahi par tous. Il se dirigea tout enfiévré, tout ébloui par ce qu'il venait de voir, vers les escaliers Becquerel[7], vers sa cachette[8] qui, seule, pouvait lui procurer assez de recul[9], de solitude et d'obscurité. Il gardait tout le feu de l'autodafé[10] dans la tête. Des pages de livres tournaient sous la flamme qui les
30 dévorait une à une et le papier, tordu sur lui-même, semblait jeter des cris avant de mourir en cendre.

Olivier tira la targette du cagibi[11] et se cacha tout au fond du réduit. Encore une fois, il put faire le hérisson entre les balais et les poubelles. Il versa des larmes sans savoir pourquoi il pleurait,
35 mais cela lui fit du bien. Il finit même par ne pas trouver désagréable cette senteur d'humus[12], de poussière et d'encaustique[13] à laquelle une odeur de bête se mêlait.

Olivier avait creusé son terrier, il était à l'abri de tout, dans un autre monde, au-delà de lui-même, il pouvait essayer de rassem-
40 bler des idées, des images, il trouvait la possibilité de se réunir. Il ne perçut pas immédiatement un gémissement tout proche, croyant peut-être qu'il venait de sa propre poitrine. Ce ne fut que lorsque la plainte reprit en s'amplifiant qu'il distingua dans l'ombre les deux petites lueurs des yeux d'un animal. Il glissa la main
45 dans la poche de son pantalon. Elle était trouée et la boîte

---

7. Le quartier où habite Olivier est sur la butte Montmartre (dominée par la basilique du Sacré-Cœur). Beaucoup de rues sont en pente, certaines même (dont la rue Becquerel) sont transformées en escaliers.
8. Un réduit où, habituellement, on range les poubelles d'un immeuble. Olivier aime s'y cacher pour réfléchir... ou pleurer en paix.
9. *Prendre du recul,* c'est réfléchir à sa vie.

10. En portugais : « acte de foi ». Cérémonie au cours de laquelle, au Moyen Age, l'Inquisition, chargée de lutter contre les hérétiques, brûlait les livres jugés mauvais — et quelquefois leurs auteurs. Hitler avait, de même, fait brûler en public tous les ouvrages qu'il estimait dangereux pour son régime.
11. Petit débarras.
12. De terre.
13. Produit d'entretien, à base de cire.

ROBERT SABATIER

d'allumettes suédoises de Gastounet[14] avait glissé contre sa jambe, dans la poche de tissu où elle s'était arrêtée. Il enfonça le bras, élargissant le trou, puis ramena la boîte et fit craquer une allumette.

50 Près de lui, la grosse chatte de gouttière au pelage gris tigré se hérissa un instant, puis, rassurée, étendit ses pattes de devant, se coucha sur le côté et montra des mamelles gonflées vers lesquelles elle tentait de ramener une petite chose inerte, laide, sorte de limace. Ses yeux semblant prendre l'enfant à témoin, elle léchait 55 son chaton mort, sans doute repris après la noyade et qu'elle tentait de ranimer.

Olivier fit craquer successivement plusieurs allumettes. La flamme jaillissait comme une fleur, parcourait le bois et lui brûlait les doigts. Il fermait les yeux, il revoyait encore les images du 60 film, tandis que, près de lui, la chatte continuait d'émettre sa plainte.

Dans l'arrière-boutique de la mercerie[15], l'hiver, bien que le fourneau fût chauffé au rouge, Virginie préparait pour le plaisir un feu de charbon de bois dans la cheminée. Au début, la fumée 65 piquait les yeux, mais quand les bâtonnets charbonneux devenaient braise, quand, avec un son inoubliable, on faisait glisser le contenu du sac en papier Bernot[16] par légères quantités, assis près de la chaleur sur des coussins, la mère et l'enfant passaient des moments agréables : le feu leur brûlait le visage, les plongeait 70 dans une somnolence très douce, et ils restaient là, immobiles et silencieux, contemplant les flammes rouges et bleues en ne faisant qu'échanger du regard leurs impressions heureuses.

Olivier réunissait des paquets de fils embroussaillés trouvés au magasin et les jetait dans le feu, prenant plaisir à voir leur masse 75 s'embraser et leur centre former une dentelle noire qui finissait par s'écrouler.

Enfoncé dans son cagibi, en faisant craquer une à une ses allumettes, il revivait ces moments-là. Il secoua la boîte dont le contenu s'épuisait et pensa qu'il ne pourrait pas la rendre à

---

14. Un vieux monsieur que l'enfant rencontre souvent. On l'appelle ainsi en raison de sa ressemblance avec Gaston Doumergue, président de la République de 1924 à 1931, que le peuple appelait familièrement Gastounet. Olivier lui a parlé le matin même, et, sans y prendre garde, a emporté sa boîte d'allumettes.

80 Gastounet. Il aurait voulu rester toujours ainsi, dans la contemplation des allumettes qui brûlaient. Aussi, quand la dernière fut sur le point de s'éteindre, pour prolonger la vie du feu, il enflamma un papier d'emballage qui se trouvait devant lui. La chatte s'était blottie sur des friselis[17] de bois dont on se sert pour
85 les paquets fragiles. Il en tira une pincée et la jeta dans le feu : c'étaient encore les fils de la mercerie qui brûlaient, c'était le feu de Don Quichotte, c'était aussi un ami qui dansait tout rouge devant lui...

Enfermant le feu dans sa rêverie, il ne vit pas que l'autre feu, le
90 réel, le concret, s'échappait, mordait, s'étendait, faisait bondir la chatte avec des *crrrr, brrrria, grrrr,* et se ruer, son chaton mort à la gueule, vers la porte heureusement entrouverte. Ce feu, Olivier aurait pu facilement l'éteindre, mais il continuait à le regarder, fasciné. Bientôt les flammes gagnèrent des chiffons humec-
95 tés de produits d'entretien qui se consumèrent en laissant échapper une épaisse fumée noire.

Toussant et pleurant, l'enfant sortit de sa torpeur et tenta d'étouffer les flammes, mais le souvenir de ses leçons de choses ne lui servit guère. Quand, après des essais infructueux, il se
100 précipita, les yeux rouges et à demi asphyxié, hors du réduit, la concierge et des locataires ameutés débouchaient dans la cour. Il tenta de s'enfuir, mais un homme tout sec, au visage noueux, le retint par le bras.

- Hé là, hé ! Ne te sauve pas, toi, tu auras des comptes à
105 rendre...

Olivier répéta affolé : « J'ai rien fait, m'sieur, j'ai rien fait ! » tout en désignant absurdement la boîte d'allumettes suédoises qu'il tenait à la main. Des mots qu'il ne comprenait pas : pyromane[18], maniaque, incendiaire, furent prononcés avec un
110 docte[19] mépris par les habitants de cet immeuble « bien » qui n'abritait que des petits-bourgeois rangés et contents d'eux-mêmes.

Accablé, Olivier baissa la tête sous ce nouveau coup du sort. Il

---

15. Le magasin de mercerie que « tenait » sa mère, Virginie.
16. Papier d'emballage très résistant.
17. Des copeaux de bois.

18. Malade mental qui ne peut s'empêcher d'allumer des incendies.
19. Savant (et prétentieux !).

ROBERT SABATIER

prit le parti de l'immobilité. Comment d'ailleurs aurait-il pu
115 échapper à cet étau qui lui broyait le bras ? Une des jambes de
son pantalon de golf[20] tombait sur sa sandale et il était couvert de
poussière. Ses joues étaient maculées comme celles d'un ramo-
neur et ses cheveux blonds eux-mêmes portaient des traces
noires.
120 Tandis qu'on achevait d'éteindre ce feu avec des seaux d'eau
tirés à la fontaine murale de la cour, le *pin-pon pin-pon* des
pompiers alertés par téléphone sur l'initiative de quelqu'un des
étages se fit entendre en bas des escaliers et, bientôt, bottés et
casqués, tout de cuir et de cuivre, une demi-douzaine de pom-
125 piers tirant un énorme tuyau apparurent. Ils aspergèrent d'abondance et une eau noire vint couler jusqu'aux pieds des specta-
teurs. Ensuite, un gradé sortit un carnet de sa poche et entra en
conversation avec la concierge. Des doigts accusateurs se tendi-
rent vers Olivier qui, pris de panique, se secoua comme une bête
130 piégée, échappa à la main qui le tenait, voulut fuir, mais buta
contre chacun et fut ramené au centre de la cour où il se mit à
trépigner en proie à un début de crise de nerfs. Un pompier lui
fouetta alors le visage avec un linge humide. Une voix féminine
cria d'une fenêtre :
135 - Laissez-le, il est tout petit !
On répondit que les parents étaient responsables, que les
gosses des rues devenaient un véritable danger... et tout cela qui
fut bref (mais tellement long dans les temps de la détresse) se
serait prolongé si une voix connue n'avait fait entendre ses
140 intonations rugueuses :
- Et alors, bonnes gens, c'est l'Apocalypse[21] ?
Bougras[22] passa entre deux pompiers, se plaça au premier
rang, en face d'Olivier auquel il adressa un signe d'amitié. Il
répéta entre ses dents : « L'Apocalypse, l'Apocalypse... » Il
145 posa sa main sur l'épaule d'Olivier et continua :
- L'Apocalypse, vous n'en méritez pas tant !
Avec sa face poilue, ses larges épaules et ses grosses pattes

---

20. Très à la mode de 1930 à 1950, le pantalon de golf était fixé au genou par un élastique
et descendait en bouffant jusqu'à mi-mollet
(c'est le pantalon de Tintin dans les premiers
albums de la série).

21. Titre d'un livre de la Bible qui raconte la fin
du monde, cette expression désigne aussi,
par extension, la fin du monde.

116

d'ours, il en imposait. Pourtant, l'homme qui avait maintenu l'enfant, commença une phrase sur un ton pointu[23] :

150   - Mais enfin, monsieur, ce jeune voyou vient mettre le feu chez les honnêtes gens et en plus...

- « Honnêtes gens ! » rugit Bougras, vous m'en mettrez une caisse et trois bidons de vos « honnêtes gens ». Qu'en savez-vous ?

155   Et s'adressant aux jeunes pompiers qui se poussaient du coude, il désigna tous les participants :

- Regardez-les : ils ont tous des têtes de faux jetons, d'hypocrites, de repris de justice[24], de couards[25], de marchands de soupe[26]...

160   - Mais enfin, monsieur...

- Vous n'avez jamais fait une connerie, vous ?

Les locataires secouèrent la tête en prenant des airs dignes. Ils ne voulaient plus se donner en spectacle avec un tel individu. Ils pensaient : « Encore un communiste ! » Mais Bougras, dont les 165 yeux pétillaient de gaieté, jucha Olivier sur ses épaules et reprit avec une voix tantôt douce, tantôt rude :

- Alors, on s'ennuie ? Parce que c'est dimanche. Et il vous arrive une distraction : le feu dans les poubelles. Alors, on se fait justiciers. Retirez-vous, bourreaux !

170   Il se tourna vers le chef des pompiers et lui dit courtoisement :

- Notez mon adresse, glorieux capitaine, s'il y a des frais, vous m'enverrez la note...

Il ajouta *mezza voce*[27] : « Et je ne la paierai pas ! » mais seul Olivier entendit. Après avoir dicté son adresse, Bougras sur un 175 « Salut la compagnie ! » sortit de l'immeuble. Sur ses épaules, Olivier se demandait ce qui lui arrivait, mais Bougras descendait allégrement les marches des escaliers Becquerel en sifflotant comme si de rien n'était.

Au coin de la rue Bachelet, il le posa à terre en lui donnant une 180 petite tape sur les fesses :

- Eh bien ! remets-toi. Tout ça n'est pas si grave...

---

22. Un autre ami d'Olivier, une sorte de clochard très original qui, notamment, élève des poules et des lapins dans sa chambre !
23. Mécontent et aigu.

24. Personnes qui ont été condamnées par les tribunaux.
25. Peureux, lâches.
26. Mauvais restaurateurs.
27. A mi-voix.

Il ajouta pour lui-même :
- D'ailleurs, rien n'est grave !

Olivier oublia de remercier. Il s'éloigna en courant, mais avant
185 d'atteindre la rue Labat, il se retourna deux fois. Le père Bougras, la pipe à la gueule, se tapait sur les deux cuisses en riant de tout son soûl.

Les allumettes suédoises, Albin Michel.

Comprenons le texte

1. Qu'est-ce qui, dans le film *Don Quichotte,* a le plus impressionné le petit Olivier ? A-t-il bien compris l'histoire ? Notez les mots qui indiquent avec précision l'effet que le film produit sur lui.

2. Que souhaite faire Olivier à la sortie du cinéma ? Montrez que cela explique la suite de son comportement.

3. Pourquoi Olivier — plus qu'aucun autre enfant — ne pouvait-il manquer d'être ému par le spectacle de la chatte et de son petit ?

4. Au départ, pour quelle raison Olivier craque-t-il une allumette ? N'a-t-il pas ensuite d'autres motifs ?

5. Relevez les expressions qui concernent le feu. Rangez en deux colonnes celles qui expriment une impression agréable et celles qui évoquent quelque chose de désagréable.

6. Pourquoi Olivier est-il incapable d'éteindre l'incendie ?

7. Que pensez-vous des réactions des habitants de l'immeuble ?

8. Le personnage de Bougras.
- Comment définiriez-vous son aspect physique, son caractère ?
- Comment s'y prend-il pour tirer d'affaire Olivier ?

Exprimons-nous

1. Vous est-il arrivé, comme Olivier, de vous « retrouver » très fortement dans un film ou un livre (à cause d'un événement que vous aviez vécu peu avant) ? Racontez.

2. Vous êtes pompier et faites un « rapport » sur l'incident (précisez bien, à l'aide du texte, les différentes circonstances).

3. Imaginons que Bougras ne soit pas intervenu. Olivier est conduit au commissariat de police. Vous vous faites son avocat. Préparez votre discours.

4. Même question que la précédente : vous vous faites l'avocat des habitants de l'immeuble...

5. Avez-vous, comme Olivier, une cachette où vous pouvez vous retirer pour réfléchir ? Décrivez-la. Si vous n'en avez pas, dites comment vous la souhaiteriez.

GILBERT CESBRON

CHIENS PERDUS SANS COLLIER

Les petits vagabonds d'aujourd'hui, les enfants abandonnés, comme Gavroche et ses frères, sont pris en charge par divers organismes de « protection de l'enfance ». C'est l'aventure de ces enfants que Gilbert Cesbron raconte dans son roman, Chiens perdus sans collier.

Et, tout d'un coup, Alain Robert aperçut un château fort, le premier de sa vie... Oui, sur l'autre rive, et dans cette poussière de soleil qui rendait tout lointain, hautain[1] et théâtral : un donjon, des créneaux, des tourelles, peut-être même des « mâchi-
5 coulis[2] » (si seulement il avait su ce que c'était !)... Quels Chevaliers et quels chevaux logeaient ainsi en plein Paris ?
- Dépêchons-nous, Alain Robert ! fit le *convoyeur*[3] d'un ton las. (Depuis ce matin, quatre heures : depuis la sonnerie du réveil, la rue déserte, la gare et le compartiment à la mauvaise
10 haleine, il ne savait que répéter cela : « Dépêchons-nous, Alain Robert ! »...)
- Allons bon ! reprit le convoyeur, qu'y a-t-il encore ?
Il se retourna et vit l'enfant immobile : les sourcils froncés qui se rejoignaient, deux vagues de proue[4] ; les yeux noirs et tout
15 neufs ; les lèvres entrouvertes comme s'il allait parler — non ! comme s'il venait de pleurer. Ce petit garçon de onze ans qui ne cillait[5] jamais, qui dans le train, mains dans les poches, col relevé, n'avait pas dormi un instant, pas posé une question, ce petit étranger l'intimidait...

---

1. Orgueilleux, méprisant. Le soleil donne aux choses l'allure d'un décor de théâtre où Alain Robert ne se sent pas à l'aise.
2. Sorte de balcon, au sommet d'une muraille, d'où l'on peut observer l'assaillant et précipiter sur lui divers projectiles.
3. Un employé de l'Assistance Publique qui a pour tâche d'*accompagner* un enfant lorsque, par exemple, on l'envoie dans un autre centre.
4. La proue est l'avant d'un bateau. Lorsque celui-ci se déplace sur l'eau, il y trace deux vagues qui s'écartent.

20   - Là ! questionna Alain Robert, de sa voix rouillée du matin,
et il leva le bras. (Deux doigts seulement dépassaient de la
manche trop longue.) Qu'est-ce que c'est ?
   - Le Palais de Justice. Viens !
   - Qu'est-ce qu'il y a dedans ?
25   - Des voleurs, des assassins... des juges ! Allons, dépêchons-nous !
   Alain Robert imagina aussitôt des souterrains de torture, des
gibets[6] à chaque étage, des bourreaux en cagoule[7] rouge et dont
les mains... Le cri d'un remorqueur[8] trancha le tout. Le garçon
30 courut jusqu'au milieu du pont afin de surplomber le remorqueur
au moment où celui-ci s'engouffrerait sous l'arche. Il vit un autre
enfant, de son âge, allongé à l'arrière d'une péniche entre les
pots de fleurs et une cage à lapins. Leurs regards se croisèrent
sans amitié. « Et si je filais, moi aussi ? » pensa Alain Robert en
35 serrant les poings dans ses manches démesurées.
   - Regarde ! dit le convoyeur qui l'avait rejoint, voici un pano-
rama célèbre : ici, le Palais de Justice... A gauche, le Tribunal de
Commerce et la Préfecture de Police... Et là, derrière, l'Hôtel-
Dieu, un très vieil hôpital.
40   Tribunal, Police, Hôpital : en trois mots de grande personne il
avait bâti un monde de pierre où le petit respirait mal et se sentait
le ventre vide. « Oh ! le bateau, l'enfant couché — si loin
déjà... »
   Alain Robert releva sa tête bouclée et fixa ce type qui parlait
45 avec un bon sourire : chapeau, lunettes, imperméable — tout
d'une pièce[9]... Un monument parmi les autres ! Comment
avait-il encore la main chaude ?
   - Et le Marché aux Fleurs, assez pittoresque également,
conclut l'homme.
50   Mais déjà le garçon ne l'écoutait plus. Du fond du Marché aux
Fleurs un chien accourait vers eux. Alain Robert sentit son cœur
battre bien avant de comprendre pourquoi. La tête et le cou

---

5. Qui ne clignait pas des yeux. Pensez à
sourciller. Il regardait toujours franchement
les choses et les gens.
6. Potences pour pendre les condamnés.
7. Sorte de capuchon percé d'ouvertures
pour les yeux et la bouche. Les bourreaux
s'en revêtaient pour n'être pas reconnus.

8. Petit bateau, assez puissant, qui remorque
un bâtiment plus important ou des péniches.
(Le Palais de Justice, à Paris, est entre deux
bras de la Seine.)
9. Chapeau, lunettes, imperméable semblent
faire partie de son corps !

GILBERT CESBRON

tendus, le regard fixe, ce chien trottait d'une allure souple. Il
allait droit devant lui avec l'obstination aveugle d'un navire.
55 Pourtant, au cœur de ce carrefour si flâneur, si bruyant, le
passage insolite de cette bête seule, silencieuse, pressée, semblait n'étonner qu'Alain Robert. L'animal le frôla sans ralentir.
Son monde se réduisait à un fil d'odeur qui le fuyait[10]... Il prit le
galop, gueule ouverte, langue pendante. Puis il hésita un instant
60 mais sans s'arrêter, comme un voilier vire de bord. Puis il traversa la rue, de biais, sans se soucier des voitures ; et l'un des
agents qui gardent l'entrée du Palais de Justice commença à
l'observer. Alain Robert s'en aperçut, fronça les sourcils et serra
les lèvres ; en ce moment, tenez ! il entendait très distinctement
65 son cœur battre : comment le type à l'imperméable ne l'enten-
dait-il pas ?... Le chien continuait sa route droite sur l'autre
trottoir avec une fausse allégresse, comme s'il reconnaissait son
chemin. Il fit ainsi le tour de la place et se retrouva au même
endroit. Alors il s'arrêta, haletant, et tourna la tête d'un côté puis
70 de l'autre, du geste même des mourants. Et Alain Robert, qui ne
l'avait pas quitté des yeux, s'aperçut qu'il ne portait pas de
collier...

Chiens perdus sans collier, Robert Laffont.

Comprenons le texte

1. Quel détail prouve qu'Alain Robert n'a pas ses parents ?

2. Quel est son caractère ? Relevez les expressions qui le définis-
sent.

3. Quelle est l'attitude du convoyeur à son égard ? Est-il à l'aise
devant cet enfant ? Pourquoi ?

4. Qu'est-ce qu'éprouve Alain Robert à l'égard de l'enfant sur la
péniche ?

5. Pourquoi s'intéresse-t-il au chien perdu ? Quelle ressemblance y
a-t-il entre son propre destin et celui de la bête ? Le collier est-il
toujours symbole d'esclavage ?

---

10. Le chien cherche vainement à retrouver une piste grâce à son flair.

6. Relevez les comparaisons que fait l'auteur à propos du chien.

7. Pourquoi, selon vous, Gilbert Cesbron a-t-il appelé « Chiens perdus sans collier » les enfants dont il raconte l'histoire dans ce roman ?

Exprimons-nous

1. Alain Robert met à exécution son désir de « filer ». Racontez sa fugue.

2. Alain Robert est confié à votre famille pour les vacances. D'après ce que vous avez appris de lui dans ce texte, imaginez comment vont se passer ces vacances.

EN GUISE DE CONCLUSION

En France, dit-on, « tout finit par des chansons ». Vous ne sauriez donc mieux dire au revoir à Gavroche et à ses amis qu'en écoutant Le gamin de Paris.

MICK MICHEYL

LE GAMIN DE PARIS

Un gamin d'Paris
C'est tout un poème
Dans aucun pays
Il n'y a le même
5   Car c'est un titi[1]
Petit gars dégourdi
Que l'on aime

Un gamin d'Paris
C'est le doux mélange
10   D'un ciel affranchi[2]
Du diable et d'un ange
Et son œil hardi
S'attendrit
Devant une orange

---

1. Un autre nom du gamin de Paris. Selon Victor Hugo (*Les misérables,* III, 1, 3), le « titi » parisien est le spectateur idéal d'une pièce de théâtre, grâce à son enthousiasme !

2. Le jour où il a créé le gamin de Paris, Dieu (le ciel) s'était libéré (affranchi) des principes habituels. Il a créé un être étonnant qui est à *la fois* un ange et un démon !

15   Pas plus haut que trois pommes
     Il lance un défi[3]
     A l'aimable bonhomme
     Qui l'appelait : « mon petit »

     Un gamin de Paris
20   C'est une cocarde[4]
     Bouton qui fleurit
     Dans un pot de moutarde
     Il est tout l'esprit
     L'esprit de Paris
25   Qui musarde[5]

     Pantalon trop long pour lui
     Toujours les mains dans les poches
     On le voit qui déguerpit
     Aussitôt qu'il voit un képi

30   Il est héritier
     Lors de sa naissance
     De tout un passé
     Lourd de conséquences
     Et ça il le sait
35   Bien qu'il ignore
     L'histoire de France

     Sachant que sur les places
     Pour un idéal
     Des p'tits gars pleins d'audace
40   A leur façon firent un bal

     Un gamin d'Paris
     Rempli d'insouciance
     Gouailleur[6] et ravi
     De la vie qui danse
45   S'il faut peut aussi
     Comm' Gavroch' entrer dans la danse

---

3. *Lancer un défi, provoquer,* c'est affirmer à quelqu'un qu'il ne serait pas capable de faire telle ou telle chose. Vexé d'être appelé « mon petit », le gamin déclare à son interlocuteur que malgré sa petite taille, lui, le gamin, il sait...
4. Insigne rond (souvent aux couleurs nationales).

Un gamin d'Paris
M'a dit à l'oreille
Si je pars d'ici
Sachez que la veille
J'aurai réussi
A mettre Paris en bouteille[7].

50

Paroles de Mick Micheyl - Musique de A. Marès, Éditions Métropolitaines.

Comprenons le texte

1. Quelles actions de Gavroche, d'Olivier ou des autres « gamins » de ce livre, vous ont donné l'impression que le gamin était « le doux mélange [...] du diable et d'un ange » (2e strophe) ?

2. Citez des passages de ce livre que semblent évoquer les phrases suivantes de la chanson :
- « Son œil hardi s'attendrit devant une orange » (2e strophe),
- « Il lance un défi à l'aimable bonhomme qui l'appelait : « mon petit » (3e strophe),
- « On le voit qui déguerpit aussitôt qu'il voit un képi » (5e strophe).

3. De quel « bal » s'agit-il dans la 7e strophe ? Comment Gavroche est-il « entré dans la danse » (8e strophe) ? (Demandez à votre professeur d'Histoire de vous expliquer à quels événements précis de l'histoire de Paris font allusion ces expressions.)

4. Que signifie le dernier couplet ? Si l'on demandait au gamin de partir de Paris et qu'il n'ait qu'un seul mot pour répondre, quel serait ce mot ?

5. Qui flâne, se promène sans but.
6. Qui plaisante de tout, s'en moque.
7. Allusion au proverbe : « avec des *si*..., on peut mettre Paris en bouteille » (on peut toujours rêver à des choses impossibles).

Table des illustrations

IMPRIMERIE AUBIN, 86240 LIGUGÉ
D.L., juin 1985. — Impr., L 20077. — Édit., 7564
Imprimé en France